孔子
CONFUCIUS

胡 玫 著

中华书局
ZHONGHUA BOOK COMPANY

图书在版编目(CIP)数据

孔子/胡玫著.-北京:中华书局,2010.1
ISBN 978-7-101-06748-4

Ⅰ.孔… Ⅱ.胡… Ⅲ.长篇小说-中国-当代
Ⅳ.I247.5

中国版本图书馆 CIP 数据核字(2009)第 242196 号

书　　名　孔　子
著　　者　胡　玫
责任编辑　祝安顺
出版发行　中华书局
　　　　　(北京市丰台区太平桥西里 38 号　100073)
　　　　　http://www.zhbc.com.cn
　　　　　E-mail: zhbc@zhbc.com.cn
印　　刷　北京瑞古冠中印刷厂
版　　次　2010 年 1 月北京第 1 版
　　　　　2010 年 1 月北京第 1 次印刷
规　　格　开本/630×960 毫米　1/16
　　　　　印张 14¹/₄　字数 150 千字
印　　数　1-200000 册
国际书号　ISBN 978-7-101-06748-4
定　　价　20.00 元

目 录

治鲁

洽 鲁

一

公元前501年，鲁定公九年冬，鲁国都城曲阜。

雪后的天空依然灰蒙蒙，树枝上的残雪，在阳光下闪出一丝丝光亮。

街道上冷冷清清，几个行人匆匆走过。

远处一辆牛车蹒跚着向鲁宫城驶来，而后在宫门前缓缓停下，随从的军士护卫随即立在两旁，颜回立刻从车后拿出一条红漆长凳，小心翼翼地扶着一位老者走下车来。

他就是孔子。

季氏宗墓。

墓地中矗立着一方巨大的石碑，上书篆体："鲁世卿季氏族公墓"。

这是一座新墓，墓门洞开着。

四匹健马拉着一套华丽的棺椁向墓穴深处冲去。四个侏儒手举着火把，手托着托盘走进墓室，他们在一排排枕木撑起的、绘有精致的伏羲和女娲交尾彩绘的墓壁下面停了下来，随即开始吃力地搬运青铜灯、金漆屏风、玉琮、铜鼎、玉编磬等陪葬品。

一个侏儒不禁感慨："这，这可是非礼啊！只有天子才能用四匹马随葬啊！"

孔子

另一个侏儒点燃了一盏豆油灯，小心翼翼地捧到了墙壁上早已挖好的灯槽里，压低嗓门："嗨，如今礼崩乐坏，还不是谁爱怎么着就怎么着……关你什么事！"

突然，一声刺耳的嘶鸣声传了过来，侏儒们回头望去，惊得目瞪口呆。

只见武士将一块黑布蒙在白马的头上，快速抽出腰刀，向马颈刺去，血光四溅，白马随即栽倒……转眼之间，四匹马都已经躺在了殉牲坑中。奴隶和军士们把它们搬放整齐。

侏儒们迅速将刚刚搬入墓室的随葬物品摆放到土砌的棺椁平台上。随着一声号响，侏儒们互相招呼，"快走，时辰快到了，可别把咱们闷死在里边！"四个人赶忙从台子上齐刷刷地蹦下。

墓室出口外，一排乐师扬起牛角号，鼓手用力擂鼓，声音震天响起。

驱鬼的方相氏站在土台上，指挥着身后的一排武士执锤、斧跳舞、打鬼。

土路上，孟孙何忌两兄弟和其他十名各府执事，身着铠甲步行护送棺木。

一个相者为前导举着篆书大牌：故鲁国国相大司徒大司寇季孙意如平子神位。

一辆马车拉着死者季平子的木偶像紧随其后。

季孙斯面色哀伤，眼睛红肿，一身粗麻斩衰（cuī）丧服，脚穿草鞋、手执黑色孝杖领头走在最前面，其子季孙肥和叔孙氏等亲属紧随在丧车之后，哭嚎着向土台前涌来。

仪仗后面，军士们驱赶着一队牛车，一路尘土飞扬地向前驶来。车上满载着半裸着身体的奴隶，他们双手被紧紧地捆绑着。有一辆牛车上面是准备陪葬的女奴，全部蒙着面纱。

一排排的号角对天吹鸣。

台上冲天的大火熊熊地燃烧起来。两个人木然地抬着一个木人俑，扔进火里，顷刻之间火苗四起。

方相氏们口中念念有词。

墓室出口前，乡甲们遍布各处，参加祭礼的百姓有万人之众。

白幡像一朵朵浮云，在风中无力地飘拂着。

送葬的队伍在墓室的出口处停了下来。

葬礼即将开始。

天空突然阴沉下来，阴云笼罩下的祭台幡旗飘扬，哀乐奏起，主祭的宗主是权倾鲁国的新任大司徒季孙斯，他哀恸地捶胸顿足，悲痛不已。

冲天的火焰前，陪葬的人群被武士们用长鞭驱赶着、哭嚎着来到土台前跪下，男奴在前，女奴在后。绝望的亲眷们也嚎哭成片。

人群后面费邑大夫公山狃（niǔ）驾单车飞奔而来，在葬礼台前翻身踩着人背下马，把缰绳丢给身边的军士，一转身走进人群。他走到季孙斯的身后，耳语道："大司徒，君上说他今日要召见中都宰孔丘，就不来参加平子大人的葬礼了！"

主祭季孙斯没有说话，抬眼望向了慢慢走近的殉葬人群。

二

孔子在一名宦者的带领下向宫内走去。来到宫殿的大台阶下,宦者看到孔子准备要在堂下行跪拜之礼,赶忙说:"孔大夫,你可上堂再拜。大夫们现在都这么做!"

孔子并未作答,屈身拜行完整的叩见礼。宫人和迎上来的内监在台阶上站住,回身互相看看,忍不住用衣袖捂嘴窃笑。

孔子进入殿堂,脱靴着布袜行至殿中,双手一揖,屈膝俯身对着空空的国君座位再行上殿大礼。

侧壁廊间,随着一阵玉佩撞击的叮当之声,鲁定公慢悠悠走上殿来,对孔子摆了摆手,"孔丘,你来了……免礼,免礼。"

孔子行礼之后,才在鲁定公的正面跪了下来,"微臣孔丘拜见君上!"

鲁定公笑了笑,"孔丘,知道寡人为什么从中都把你叫回来吗?"

孔子抬头摇了摇,"微臣不知……"

鲁定公身子微微前倾,满脸笑意地望着孔子,"孔丘,寡人听说,你遵照周礼治理中都,不过一年,就把中都治理得井然有序,面貌大变,国人纷纷称赞呢!寡人还听说你扩建了乡校,门下有数千弟子。"

孔子垂下头,双手一揖,缓缓答道:"君上,小臣曾说过:只要以礼治国,一年可有小成,三年必有大成。"

治 鲁

鲁定公点点头，"你果然有超凡的才能，难怪先君在你儿子出生时会特意送去一条大鲤鱼道喜呢……"他一边说，一边站起身，走下台阶，指着殿外安放的一尊大鼎，问道："孔丘，依你之见，鲁国要想强大可否效法齐国呢？"

"君上，齐国的老百姓不犯法是因为他们害怕刑罚，但如果人们不犯法是因为他们讲礼义、知廉耻、有品格，那不是更好吗？选贤能，修信用，贼不作，谋不用。人不但爱护自己的父母子女，也爱护别人的；男人安本分，女人有归宿；不论是孤儿寡母、老弱病残，都能得到照顾和供养——这样老百姓才能安居乐业，才是治平之道啊！"

鲁定公哈哈大笑，"好啊！孔丘，说得好！寡人希望你能将自己的主张推向整个鲁国，而不只是一个小小的中都！"

孔子想了想，试探着道："当今之鲁国，只有强公室抑私门，才能得民心！"

"说得对！寡人支持你！"

孔子没有说话。

鲁定公见孔子沉默不语，问道："怎么？你还有什么顾虑吗？"

孔子顿了片刻，直言道："臣在洛阳访学时，曾听到王室君臣议论鲁国，他们说，自桓公去世以后，鲁国早已没有国君，只有季孙氏、孟孙氏、叔孙氏三家贵卿。"

鲁定公一直挂在脸上的笑容慢慢消失了，"唉！是啊，这三家贵卿也都是寡人之同宗，是寡人先祖桓公之后代，所以称他们为'三桓'。"

孔子紧锁眉头，略加思索后说："以小臣区区一介布衣，要削弱他们，只怕势力不相敌啊！何况，小臣不在其位，不谋其政。"

"嗯……这个倒也不难嘛！寡人给你必要的名位就是了！"

孔子再次沉默。

鲁定公一脸严肃地说道："孔丘，寡人不是在说笑。季平子大夫活着的时候，身兼三任：国相、大司徒、大司寇。他死后，国相、大司徒已由嫡子季孙斯继任，但大司寇的位置还空着。'三桓'都想推举自己的人担当，寡人倒是希望这个重任由你来担当……"

孔子一惊，赶忙一揖，"大司寇一职原为叔孙氏世袭，乃国家最高司法长官，掌管刑狱、纠察之要职，小人德薄才浅，愧难胜任！"

"孔丘，寡人做你的后盾！让你和你的弟子重整鲁国，推行礼制，改变你所说的君不君、臣不臣的现状……你敢吗？"鲁定公定眼望着孔子。

"臣的梦想就是八个字：'克己复礼，天下归仁'。君应是君，臣应是臣，父应像父，子应像子，百姓安居乐业。故虽不能进致于大同，但也要渐臻于小康。"

"好！寡人支持你！孔丘，你是知道的，昭公曾被'三桓'驱逐出国门，流亡十几年至死不能回国。寡人新登君位不久，虽高坐在君位之上，但无奈势单力薄。寡人听说，你的弟子中多有来自四方的英才，寡人需要你们的支持啊！"

孔子听了鲁定公的话，不禁回想起十五年前的那段往事：当年季平子专政，鲁昭公很讨厌他。恰巧季平子和另一个贵族郈（hòu）昭伯因斗鸡发生纠纷，季平子便借机强占了郈家的封地。郈昭伯向鲁昭公诉苦，鲁昭公以此为借口讨伐季平子。谁想，季平子联合孟孙氏、叔孙氏反击，鲁昭公反而被打败，逃亡到齐国。而自己也是在那时离开鲁国，到了齐国……

想到这，孔子心中一阵酸楚，感慨道："天下有道，政权不会落在私门手中！鲁公室失去政权已经有五代了，政权执掌于'三桓'之手也已经四代了。为了民生百姓计，也到了该削弱'三桓'权力的时候了！"

"好！孔丘，来日早朝，我便向文武百官宣明，由你来担任鲁国大司寇，并主持冬祭。"

孔子感激并无畏地凝视着鲁定公，再行跪拜之礼，起身出宫。

孔子

三

葬礼上的人们仍然在狂舞，冲天的哀怨的号角声里透着阵阵阴森恐怖。

军士们上前撕掉女奴们的面纱，开始将陪葬人群向墓穴出口拖拽。女奴不愿前行，死命抱住身边的石头，嚎啕大哭。

一个十一二岁的小男童，未被缚紧，被人群裹挟着向前跌跌撞撞地走去。他叫漆思弓，是季氏家的一名小奴隶。

陪葬人群的情绪渐渐失控，他们不断地四散冲撞，拼命地想要逃离。伴随着瘆人的号角声、鼓声、哭声和混乱的人群，小奴隶漆思弓突然感到害怕了。他拼命地来回扭动着被绑住的双手，小手已经被麻绳磨得鲜血淋淋，但求生的欲望使他根本顾不上钻心的疼痛，他的小手终于从带血的麻绳中挣脱出来。他甩掉麻绳，一头钻进了嘈杂的人群中，死命向前跑去！

人群掀起了一阵骚动。武士们涌上前来镇压，驱赶着奴隶们向墓室走去……

已跑进人群的孩子，在混乱的人流中不断地钻着、爬着，不时惊慌失措地回头看去。

洽 鲁

一名家臣气喘吁吁地向季孙斯报告："报宗主，陪葬的小奴逃走了！"

"什么，哪个小奴？"季孙斯大声地问道。

"就是平子大人平日最喜爱的那个贴身小奴——漆思弓。"

季孙斯恼怒地喝道："啊，原来是那个小家伙！父亲临死前专门嘱托我，一定要让这个小奴陪葬，赶快去找，给我追回来！"

"那么，葬礼封穴是否需要暂停呢？"公山狃问。

季孙斯怒斥道："那怎么能停？！继续进行！你立刻派人到周边去搜，就算是挖地三尺，也要把那个小奴给我抓回来！"

尽管四下里都是追逐的武士，但漆思弓还是逃过了他们的搜寻，在墓穴外的人群中到处乱钻，他渐渐远离了人群，躲过了追兵。接着又转头朝山上爬去，他像猴子一般机灵，爬得飞快。

乡甲们到处搜查，终于发现这孩子已经爬上山跑远了，立刻吆喝着匆匆追了上去……

逆光的墓室口，尘土飞扬。

军士在前面，扬鞭驱赶着那一群被捆绑着的哀伤而麻木的奴隶涌下墓道……

第三层棺椁的盖子重重地盖上了。

武士们开始抽剑，刺向陪葬的奴仆，奴仆们惨叫着纷纷跪地扑倒，血流如注。

一场残忍的杀戮开始了！

墓室中有的奴隶惊慌失措地向外跑去，身后的武士立刻弯弓射

孔子

箭，奴仆倒地而亡。有的奴仆回身要逃，被军士一刀拦腰砍断。一个女奴怀抱着小女孩企图躲藏到无人之处，却被武士发现，她连连磕头求饶，武士根本不理，冷酷地将剑刺入女奴的腹中，女奴怀抱着小女孩倒在地上，武士头也不回地离开了。

漆思弓翻过山，逃进了一片庄稼地。他拼命地向前跑着，还不时地回头看一下后面追上来的乡甲，突然，他灵机一动转变了方向，钻出了麦田，跑向一片密林。穷追不舍的乡甲也紧跟着冲进了密林。

祭台下带孝的季孙斯、季孙肥跪在地上。

公山狃跪在季孙斯身后，与叔孙武并排，刚好是一文一武。

孟氏兄弟在一旁表情肃穆地跪着，已经显得有些不耐烦了。

墓室洞开，上悬巨型石门，开关就是被一根粗绳缚系的罗盘。粗绳穿过若干滑轮组，到达一根祭桩处，中间插着一根销子。祭桩边上站立着一个武士，手执雪亮斧钺。

再一次响起号角。

死者连同战车一同留在了洞开的墓室里，护卫的军士仪仗和提着带血刀剑的杀戮武士们有序地退出。

疯狂逃命的孩子跑进集市街道，穿过走在街心的羊群，东倒西撞，已经累得疲惫至极。

乡甲在不远处也冲入集市，发现了前面的孩子。乡甲弯弓射箭，正中孩子左臂。

漆思弓强忍着疼痛，死命地向前跑。他钻进了一个卖假肢的铺子，一头撞倒了支撑整个铺子棚顶的木桩，木桩倒下带翻了铺子的棚顶，几个无腿的残疾人被压在棚底下惨叫着。

乡甲们一阵混乱，孩子又一次逃脱了。

孩子飞快地又钻过一个水果摊，回头一看，季氏乡甲又追了过来！慌乱中他脚下一软，一下子扑倒在一名佩剑的壮士脚下。漆思弓左肩疼痛难忍，鲜血顺着袖口滴滴答答地流了下来，他实在无力再跑了，对壮士苦苦哀求道："……救救我吧……叔叔！叔叔……救救我！"

壮士一把将孩子抄进怀里。

乡甲们持刀携棍地冲上来就要抢孩子。

壮士一只手抱着孩子，一只手缓缓拔出长剑，直指冲上来的乡甲……

墓室口，季氏乡甲扑倒在地上，磕头如捣蒜一般，"小人失职！小人失职！"

季孙斯怒不可遏，喊道："岂有此理——"气极败坏的他，发狠地一抢手站起身，"不管怎样，一定要把那小奴给我抓回来，烧了！献祭！"

墓室外的机关处，武士挥起板斧猛力一砍！轰隆隆的传导声中，切断的绳索如游蛇一样迅速松开，穿过一个个折转的小滑轮，最终传导到石门上方，触动了机关。

土工们开始用巨石封填洞口。

"砰"地一声巨响，石门轰然下落。

照进墓室里的光忽然间减弱了，在微弱的油灯下，小女孩从一动不动的母亲怀中挣扎着爬起来，看着满地身首异处的奴隶，浑身战栗，惊恐地

孔子

大声喊着:"娘!娘!"

小女孩转身看到墓室的石门快要落下,不顾一切地冲向洞口,疯狂地挥手拍打着石门,大声呼救,"啊……啊……开门啊!开门啊!……"

小女孩纤弱的身体渐渐滑到地上,两只惊恐的眼睛死死地盯着那黑暗中唯一一盏还燃着的豆油灯。

周围一片死寂漆黑,孤独的火苗没有生气地残喘着,直到最后熄灭……

执行人殉的武士们身染鲜血,列队纵马向山外奔去。

忽然,他们惊愕地发现前面山路中间横卧着四具侏儒的尸体,四人全部中箭身亡。

武士们赶忙向山上看去,不等他们看清,黑压压的箭已向他们袭来,武士们栽落马下。

屠杀是瞬间完成的。四个侏儒、一队武士的尸体和倒地的马,留在原地。

几匹活着的马沿着山路嘶鸣着飞奔而去……

四

黄昏时，孔子和颜回乘着牛车缓缓地从鲁国宫城返回阙里学舍。孔子面色怡然，正身坐在牛车上，目视远方，回首幕幕往事：低贱的身世，坎坷的经历，鲁国的衰微，卿士的争斗，黎民的苦难……一路走来，受到多少讥笑嘲讽，而又得到多少称颂赞扬，连自己也记不清了。

"夫子，君上将要任命您为大司寇，夫子终于有机会能按照自己的理想去治理鲁国，一改鲁君世代受人摆布的局面，回真替夫子高兴。"坐在一边的颜回突然发话，打断了孔子的思绪。

孔子回神点点头，心中暗想，颜回不愧是我最得意的弟子，他深沉、内敛，从不随便乱发议论，看起来有些愚笨的样子，其实他的话总是能够一语中的，参透本质，也唯有他最能了解自己的心思。

不知不觉牛车已来到学舍门外，弟子们欢呼雀跃，簇拥着孔子沿着长廊快步走进学舍。

孔子在竹帘后面带笑意地和弟子们打着招呼，匆匆走过。

学舍的火灶前，妻子亓（ji）官氏正往灶里放进一块劈柴，起身打开冒着蒸汽的锅盖，从里面盛出一碗米饭，对站在一旁的女儿孔娆说："你父亲回来了……"

孔 子

女儿孔姣一边熟练地摆放好托盘，一边问道："您怎么知道的？"

丌官氏端起一碗汤，"我听得出他的声音，他一定想不到我带着你来看他了……"

学舍内，弟子们在曾点的带领下齐声诵读："桃之夭夭，灼灼其华。之子于归，宜其室家。桃之夭夭，有蕡其实。之子于归，宜其家室。"

比孔子小九岁、身形魁梧、腰佩长剑的子路，低着头，正在背书。看见孔子走进门来，赶忙迎上去打招呼。

学舍里的简册堆得满满的。

孔子正准备脱下官服，听到身后一阵细软的脚步声，便扭头看去，只见妻子和女儿托着托盘走进屋来。

女儿将物什放在案几上，"父亲……您一出去就是大半天……叫我和母亲好等！"

孔子对于妻女的到来着实有些意外，不禁慈爱地拍了拍女儿的肩膀。

丌官氏对孔子微笑着施礼，起身走到孔子面前，一边帮他脱换衣服，一边问："你还没吃饭吧？一定饿了……"

忽然，角落里传来声响，大家循声望去，屋角摞着的竹简塌落下来，一只小手从竹简堆中伸出。

孔子上前伸手一拉，随着一声痛苦的呻吟，一个小孩摔倒在地，他下意识地用右手卫护着自己受伤的左肩。

孔子怜爱地看着他，小声问道："娃娃，别怕，告诉我你是谁？"

"我，我是……我是漆思弓。"他气息微弱地答道。

"漆思弓？"

孔子话音未落，小男孩竟然晕倒了。孔子一把抱住了他，手中一股凉气袭来，拉开孩子的衣襟一看，袖子浸满了血水，左肩已经淤肿变形，箭头还赫然插在上面！

子路等弟子闻声从门外走进来，见到眼前的情景，子路扑通一声跪倒在地，"对不起，夫子。"

"这孩子究竟是怎么回事？"孔子问道。

子路低着头，"夫子，他是季平子大殓被选作陪葬的小奴！入葬前从墓口逃跑了。我在集市上，看到季氏乡甲在追杀这孩子，就把他救下来了……"

孔子听了子路的一番解释，脸色顿时凝重起来，愤愤地说："以血食为祭，以人殉葬，不仁啊！此是殷商旧礼，早应废止！季氏竟然还这么干！鲁国还是礼仪之邦吗？"

站立一旁的公伯寮不安地说："夫子，留下这孩子，怕是会得罪季氏而惹出祸端……"

孔子沉默不语。

子路上前几步，抱起孩子，"季氏现正在到处搜捕他，夫子，要不这样吧，我先把他送到卫国我妻兄那里，以免连累大家。"

孔子抚摸着孩子的脸，"不，仲由，有教无类，我愿收他为弟子。你们赶紧请个医师来，看看他的胳膊，千万别保不住了！"

子路和身后的众弟子愕然相视。

这时，漆思弓已经苏醒过来，有气无力地嘟囔着，"不，不要留下我，让我自己逃命去吧……不然，季氏找上门可怎么办呢？"

孔子转过身，对子路坚定地说："见义不为，无勇也！君子当仁

孔子

不让! 仲由, 你做得对! ”

子路抬起头, 充满敬意地看着老师。

忽然, 学舍门口一阵骚乱, 十几个季氏乡甲提着刀剑气势汹汹地闯进门来。

曾点转身站起来, 跑到门口大声喝道:"站住! 你们想要干什么?! ”

这十几个人根本不理会曾点, 四处搜寻, 到处乱翻, 不一会儿便与被冲撞的几个弟子吵了起来。

子路闻声按剑冲了出来, "你们到底要干什么! 啊? ”他见众人当中站着一位盛气凌人的将领, 问道: "你是谁? ”

公山狃冷冷地看着他, 一把推开曾点, 走上前, "我是费邑司马公山狃, 你就是子路了? ”

子路不答。

公山狃冷视道: "有人报, 说你们这里藏着一个小奴, 那是我季氏家的。季宗主命我来要人, 给我搜! ”

子路下意识地按住剑柄, 乡甲们也都横剑立目。

公山狃越过子路直奔内室。

换过衣服的孔子正从屋里走出, 立在他面前, 正色道:"公山大人! ”

公山狃抬头见是孔子, 不怀好意地冷笑着, "孔丘啊! 久违了, 如今你发迹了, 当了中都大夫啊! 你以为你现在有实力了, 就可以和季氏对抗了吗? ”

"你带人来扰我学舍, 所为何事? ”孔子淡淡地反问。

公山狃板起脸, 厉声道: "有人报, 大司徒家的逃奴就藏在你这里! ”

孔子不怒而威, "胡说! 这里乃是斯文之地, 不容尔等放肆! ”

"你虽然也是大夫，但若不交出小奴，只怕日后见了大司徒你也不好交代吧！"公山狃大喊。

孔子不屑地望了公山狃一眼，"你想怎样？"

弟子们纷纷出来，挡在孔子身前。几名中都甲士也执剑过来卫护。季氏乡甲欲举剑格斗。

公山狃不愿把事情闹大，他几步走上前去，将孔子拉到一边，"来来来，孔大夫，请借一步说话，我跟你讲几句贴心话。孔大夫，其实我也厌恶'三桓'的跋扈！我今天可以当作什么也没有看到……孔大夫，我们为何不能化敌为友？我早就钦佩你的本领，你何不到我主管的费邑来？我们联手合作，驱逐'三桓'，掌控鲁国，你看怎么样？希望孔大夫不要再拒绝我哦！"

孔子冷冷地看着他。

公山狃看看身后的士兵，不耐烦但又不得不低声问道："行与不行，你倒是给个话啊？"

"道不同，不相为谋。时候已经不早了，大人还是请回吧！"孔子言语中透露着决绝。

"孔丘，中都离费邑并不远，有空来费邑看看吧！"公山狃错愕之下，无奈地招呼众人悻然而去。

五

　　晚饭后，叔孙武的车乘飞快地行驶着，在季氏府邸门前停下。他从车上走了下来，整整衣冠快步走进府邸。季孙斯正在殿堂里驯他那只两眼赤红、桀骜不驯的野鹰；公山狃和季孙肥坐在堂内闲谈。

　　季孙斯见叔孙武来了，又想起今天的葬礼，不满地说："我们的君上不去我父亲的葬礼，却召请中都宰孔丘进宫！还谈了一整天，他们到底想干什么？"

　　叔孙武走到季孙斯面前，"我此次前来正为这事，听宫里的管事说，君上是向孔丘问礼的。"

　　"噢？只是问礼？"季孙斯用怀疑的目光看着叔孙武。

　　"当然不是，宫里人说冬十月要到了，就要举行冬祭大蒐（sōu）阅兵之礼，君上想委任孔丘主持冬祭。"

　　"孔丘？他有什么资格？！"季孙斯一边说，一边冲着奴隶招招手，独眼奴隶双手托着一盘鲜肉，走到季孙斯的身边开始喂鹰。

　　公山狃又添油加醋地说："我听说君上还想让孔丘当大司寇，位列上卿！"

　　季孙肥一脸的不服气，"孔丘！他不过是一介庶民匹夫，君上已经提拔他做邑大夫还不够，还要给他更高的职位？"

叔孙武挑衅地说："孟氏家长孟僖子临死前承认孔丘是出身殷商王族，是宋国公室的后裔……"

未等叔孙武把话说完，季孙肥便不屑地啐道："呸！宋公室有孔丘的谱牒吗？谁能保证他不是伪托假冒的？我听说，孔丘是叔梁纥在六十多岁的时候，和二十岁的颜徵在野合而生，他可是一个出身不明的贱民之子啊！"

叔孙武听了拍手称道："公子高见！我还记得，几十年前，已故季伯举行'飨士'之宴，孔丘那小子的母亲刚去世，还在居丧，他居然穿着孝服就跑去了，被季伯家总管阳虎给轰了出去！如今孔丘身边聚集了一群出身贫贱的庶民，孔丘教他们读书识字，还公然传授先王政典，这一伙人怕是大有野心啊！"

独眼奴隶突然口吃地叫起来："它，它……它它……"

季孙斯凶狠地回过头，"它什么它……再结巴我就剁掉你的双脚，割了你的舌头！"

独眼奴隶被吓得满头大汗，不停地颤抖着，"……它又不吃食了。"

季孙斯一愣，看了看那只鹰，一脚踢开奴隶，"滚下去！"转身对叔孙武说："我要对君上讲，让你接掌大司寇。"

叔孙武难掩兴奋之情，深深一拜，"小侄敬谢季伯！"

独眼奴隶走到门口胆怯地回头看了一眼，转身迅速消失在他们面前。

第二天早朝，季孙斯傲慢地一路穿廊过室，直奔鲁定公的内殿，腰间的佩剑铿锵作响。

内殿里，鲁定公正与叔孙武、孟孙何忌商谈，看到季孙斯走进来，立刻笑容可掬地迎了上来，"啊！国相到，寡人正与叔孙大夫、孟孙大夫商讨今年冬祭之礼的安排……"

季孙斯没等鲁定公把话说完，便冷笑道："听说有人推举孔丘做大司寇，还想让他主持冬祭？"

鲁定公迟疑了一下，"啊——是有此议。"

"为社稷，为生民着想，我不得不奉劝君上一句，此议不可！"

"哦？为什么……"

"国之大政，莫过于祭祀与军事。自宣公以来，鲁国大政和重大人事任命必须由我们三家议决。这是……成例，不是吗？"

鲁定公顿时张口结舌。

叔孙武走了过来，对着季孙斯一阵耳语，季孙斯听后大惊，"噢，竟然出了此等怪事？"便不再说话。

只见孟孙何忌摇摇头，"是啊，发生了这种怪事，恐为不祥之兆，要找龟人筮人来占卜，问一下神意。"

早知事由的鲁定公小心地说："这事的确很怪，依寡人看，不如请国中长老、大夫们来廷上议议，看冬祭是否暂缓举行。你们看可好？"

大家看了看他，却没人回应，鲁定公面色僵硬，不自然地笑了笑。

鲁国议事堂内，鼓乐齐鸣。一班衣冠整洁的白衣学者循序而入，孔子和几个弟子都在其中。又一班身着华服的长老、卿大夫红衣紫袍鱼贯而入，"三桓"走在最前面。

以孔子为代表的学者和以公山狃为代表的大夫对峙而坐，人人神情肃穆。鲁定公端坐上位，叔孙武、孟孙何忌倨傲地坐于鲁定公身旁。

季孙斯站在大厅正中，首先发话："各位耆宿、长老、大夫，眼看就要举行冬祭大典了，可是，在冬祭之前却发生了一件怪事。昨天管雉人来报，准备献祭的那十只雄雉中，有一只作为首献的长尾雉竟然啄光了自己的雉尾。吉凶难定。所以，今日想听听各位长老、大夫们的高见。"

说着，一名侍臣举起几枝雉尾毛给大家传看，众席中一阵骚动。雉尾毛在众人手中传观着。

孔子在旁闭目静坐。

季孙斯问道："这是什么征兆？为什么？这只待献祭的雄雉为什么要这样做？是否昭示某种天意？是否有必要让这次祭祀停止或延期？"

这时，两名宦者合力从殿外抬进了一只精美的木制笼子，笼内盛着那只秃了尾翼的雄雉。大家见状反应迥异，议论之声不绝于耳。

叔孙武站起身来，"我有话要说！"

季孙斯招招手，"叔孙武，你说——"

叔孙武起身走至大厅中间，"我以为，冬祭乃一年终了的国家大祭，不能延期，也不能停止！但是，雄雉乃通灵之禽，它啄光了自己的尾巴，当然预兆着一种天意，所以不应再以此雉为献，否则就是对神灵的大不敬！我认为，应该遵从天意，放生这只雄雉！"

鲁定公看向孔子，问道："孔丘，你看呢？"

孔子跪拜，"君上，微臣极为赞同叔孙大夫的意见。"

鲁定公面朝众长老问道："那——各位长老呢？"

众长老皆躬身，"卑臣等也赞成两位大夫的意见。"

季孙斯高声道："既然各位长老、大夫都这么说，那么好！这只雄雉，就把它放归山林去吧。"

众人都长嘘一口气。孔子突然说："君上、各位大夫，微臣还有几句话要讲。"

鲁定公和季孙斯听孔子这么说，都满脸狐疑地看着他。

孔子

只见孔子起身走向大厅中间，"君上，微臣请求从此在我鲁国彻底废止以活人陪葬的恶俗！"

鲁定公看着孔子疑惑地问："孔丘，你怎么会有这样的想法呢？"

"雄雉既然都可以放养山林，那，微臣今日还想在此为一个小奴请命！"孔子说。

"什么小奴？"鲁定公问道。

孔子转身一指，"就是他！"只见子路从外殿拉着小奴漆思弓走进堂内，漆思弓浑身战栗，低着头不敢向前。此时他面色惨白，已经成了独臂，左臂的衣袖已然空空地晃动着。

季孙斯一把抓过小漆思弓，看清他的脸后勃然大怒，高声喝道："孔丘！这小东西是我家的逃奴！你竟敢私自收留，你找死！"接着，他恶狠狠地把漆思弓推得一个趔趄摔倒在孔子脚边。漆思弓怯懦地躲到孔子身后，脸贴着地跪着，身子在不停地发抖。

孔子面不改色，一揖，"请季大人暂息雷霆之怒！"接着，孔子跪下身说："季宗主，微臣冒死为这个小孩子向宗主请命，请宗主赦免了他吧，不要用这个小孩子为已故平子大人殉葬。"

季孙斯一脸怒气地说："孔丘！以人为殉原是古礼。你不是一向主张恢复古礼的吗？"

"季大司徒，依周公所制之《周礼》，以人牲陪葬的恶礼已经废止二百多年了。仁者爱人！为礼而杀人，则非礼也！"孔子转过头，对叔孙武说道："叔孙大夫，你能仁慈地对待一只雄雉，孔丘拜请你也为这个被伤成独臂的小孩子讲几句话吧！"

叔孙武推脱道："孔丘，我们今天谈的只是关于冬祭之雉的问题！这与人殉之礼是没有关系的！"

"错！叔孙大夫，大有关系！《礼经》说：天地之性，人为贵！以人殉葬，是殷商的陋俗。本朝自文武周公以来，早已废止。文王之陵，不封不树，崇尚简朴。我鲁国乃周公故里，礼仪之邦，诸贵卿同是周公之后裔，郁郁乎文哉，礼当从周！"

"君上，各位宗主、长老，孔丘在此冒死请求各位，一起请求季孙大人赦免了这个小孩子吧，免其遭受殉葬活埋之厄！"

鲁定公沉默良久，一言不发，众大夫、长老议论纷纷。

公山狃忍不住跳了出来，大声说道："孔丘，季平子大人临终前有遗言，要求以生前所爱者为殉。让这小奴殉葬，并非残忍，而正是出于季氏大人对父亲的孝心和爱心。"

众人闻此，纷纷附和。

孔子直视公山狃说道："公山大人！鄙人听说，公山大人作为家臣侍奉季平子宗主多年。故季平子宗主临死之前，命你取代叛臣阳虎而作了费邑司马，以酬谢你的功劳，可见他对你恩重如山。鄙人还听说，季平子宗主生前常对人说，他是最离不开你公山狃大夫的。"

"是啊，没错，那又怎么样！"公山狃快速回应道。

"那么，既然你与已故季宗主情深义厚，季宗主在九泉之下岂能缺少你的陪伴？如果公山大人愿陪季宗主同行，那么孔丘就赞成让这个小奴随行殉葬。"

堂内鸦雀无声，众人一齐看向公山狃。"给个话吧？大人！"孔子紧逼道。公山狃的脸憋得通红，紧张地说："孔丘！你胡说！你，你荒谬！你……"

"看来大人并不愿意去做这个陪葬者。那么，己所不欲，勿施于人！君上，微臣的话讲完了。"说着，孔子转身退下。孔子的弟子们

孔子

热烈地鼓起掌来。

公山狃被孔子驳得哑口无言，火冒三丈，正要起身大骂。季孙斯却微笑着站起来，摆摆手，走到笼前，仔细地观察那只雉，"这只雉很漂亮啊！"奴隶赶忙打开笼，将雉小心地抱出——季孙斯突然退后几步，挺身拔剑，挥剑斩去雉首——血光四溅。季孙斯收剑入匣，昂首而去。

堂内的喧哗声传到了堂外，两名宫廷守卫忍不住向内窥看，小声议论着，"这些儒生，为了一只野鸡也值得这么吵？"

"你懂什么？这只野鸡的学问可深了去了。"

子路领着漆思弓走出殿门，殿内传来一阵笑声。

当晚，孔子学舍内，炭火烧得正旺，学舍的讲堂围满了弟子。

孔子一身便服，端庄地坐在席上。

漆思弓身着新衣，单手擎着赘礼——十条干肉，从门外迈着规整的步子，恭恭敬敬地来到孔子面前站定。

自告奋勇地当了漆思弓入门介绍人的子路，清清嗓子，字正腔圆地高声喊道："孔门弟子仲由，介绍漆思弓入门拜师。"

漆思弓躬下身子，单手把十条干肉举过头顶，颜回见他单手举不稳，半蹲在一旁帮他扶着。漆思弓激动地按照早先颜回所教说道："漆思弓幸得夫子相救，愿委赘行礼，请为弟子。"说着上前呈上十条干肉。

孔子微笑着接过干肉，慈祥地说："漆思弓自此可为孔门弟子，起来吧，娃娃！"

颜回扶着漆思弓抬起头来，谁知这孩子已然是满脸的泪水。

子路最见不得别人流泪了，见此情景，不禁泪盈于眶。

"这里以后就是你的家了，他们全都是你的兄长，都会帮助你的。"孔子拍了拍漆思弓的肩膀。

漆思弓点点头，"我知道，夫子，我不是哭……我是高兴的……"

孔子笑了，"好了，好了，今天难得如此高兴，大家喝一点酒吧。仲由！拿酒来。"

子路听孔子说要喝酒，便兴奋地和两三个年轻弟子去取酒了。

颜回情绪高涨地说："夫子，真没想到，君上竟然接受了您的倡议！"

"是啊！'三桓'都已经同意以后在鲁国废止人殉，改用人俑陪葬了！"曾点开心地附和道。

子路抱着一坛子酒跑了进来，一边为孔子倒酒，一边说："不过夫子，您百年之后，我原本还想随您一起去地下……这下可没有机会了！"

颜回正在给师兄弟们分酒，一听子路又开始胡说，拍打着子路，"你这张臭嘴！都胡说些什么呀！"

子路急忙将酒坛放下，趴在地上磕头如捣蒜，"请夫子恕弟子不敬！"弟子们见此状笑作一团。

孔子端起酒杯，"来……"却发现身边的子路没拿碗，笑着问："你呢？"

子路举起酒壶："我拿这个。"众人大笑，"好啊，来，喝。"

漆思弓，小小年纪也端起酒杯喝了一大口，吐着舌头只嚷道："啊！不好喝啊！"

屋外的雪花静静地飘落，学舍内闪动着温暖的火光，弟子们的歌声和笑声传向远方……

孔子

在孔子学舍内，这是欢乐、温馨的一夜，可在季氏府邸，季孙斯却为孔子的事整夜辗转反侧，难以入睡。第二天一早，他连早饭都没心情吃，就坐在池塘边钓鱼，那只东夷长尾雉和鹰都立在不远处的架子上。

叔孙武和公山狃一大早都跑到季府。叔孙武蹲在季孙斯身旁，不安地看着闷闷不乐、若有所思的季孙斯。

公山狃愤恨地说："大人昨天在堂上为什么不发个令，斩了孔丘，灭此小人？"

"是呀，这个孔丘和他的那一群弟子，以周礼为要挟，不可小觑啊！"孙叔武在一旁搭腔。

季孙斯沉默了片刻说道："要杀孔丘还不容易？但他有上千的忠实弟子，必会作乱。何况，孔丘早已名声在外，传到各诸侯那里，我'三桓'落下一个杀害贤人的恶名，岂不是平白给人家寻衅伐鲁找借口！"

叔孙武咬牙切齿道："我早就说过，孔丘就是用一个'礼'字，要一步一步地削夺我们三家之权！"

季孙斯缓缓起身，见鱼已上钩，轻轻一拉鱼竿，嘴角露出一丝冷冷的笑意，"难道你们以为，一只野鸡只要能爬到竿子上，就不再是野鸡了？"

他慢慢地把小鱼从钩上摘下，丢给架子上的鹰。鹰迅速俯身飞下，一下子便把鱼叼在口中。

季孙斯看着鹰，"瞧！鹰飞得再低，还是鹰。野鸡爬得再高，还是只野鸡！这个孔丘嘛，就先让他当这个大司寇！"

说着把鱼竿狠狠一甩，等着下条鱼上钩。

六

乍暖还寒的初春，孔子带领着子路、子贡等几个弟子查访民情。沿途听说有一个羊贩子沈犹氏总是坑害百姓。

第二天，孔子带着弟子们来到集市上，一个身材矮小、油光满面的商人引起了他们师徒的注意。只见那商人不停地高声叫卖："看看我这羊，只只都是膘肥体壮……"在他身旁，有一群山羊，每个肚子都是圆滚滚的。

子贡认定此人就是沈犹氏，于是快速挤到人群中，断然问道："你的这些羊，肚子怎么会每个都这么大呢？"

沈犹氏不由地一怔，听出他话里有话，没好气地说："这说明我的羊膘满肉肥，你没长眼睛，看不出来啊！"

子贡跨前一步，高声道："我们这些外行人只能看见羊的毛皮，谁知它的里面到底是什么货色！"

沈犹氏暴跳如雷，不打自招地反问道："你什么意思？难道我会在活羊体内掺水不成？！"

"那就要看你的良心了，里面到底有没有假，一试便知。"子贡步步紧逼。

正巧这时，一位七十多岁的老妇人哭哭啼啼地挤到前面，手里还牵着一个十一二岁的小男孩，二人都是面黄肌瘦，衣衫褴褛。老妇人看到有人在质疑沈犹氏所贩卖的羊，便在一旁哭诉道："我们祖孙二人省吃俭用，好不容易攒了一些钱，前几天，在这里买了一只羊，本想着让孙子把它养大，产下小羊，换些零用钱，谁能想到这羊买回家后，不吃不喝，两天就死了，剖开羊肚子一看，一肠胃的水！我们穷苦人家，买只羊多不容易啊……"说着，又呜呜地哭上了。

沈犹氏眼看自己的老底被揭穿，便立刻摆出平日里欺行霸市的面孔，"你这老妇，休要诬赖于我，成交时，这羊可是欢蹦乱跳的，回到你家死了，与我何干！快滚，快滚！老子没功夫跟你啰嗦！"

孔子不动声色地命子路掏出一袋钱币，放在沈犹氏面前，当众说道："诸位父老乡亲，我听说沈犹氏这些羊吃的饲料，全是用盐拌过的，羊吃完饲料后，必然会口喝，就会使劲喝水，所以体内有水，一只羊一夜之间便可增重十多斤。现在，我想当众验证一下，任选一只，当场宰剥，这样也可以证明这位老人家所言是否属实。"

"好！快看看，快看看……"围观的百姓们都高声附和着。

沈犹氏一听孔子要当场验证，慌了手脚，摩拳擦掌，要动武。子路见状，一把扭住他的胳膊，让他动弹不得。

孔子继续问众人道："不知哪位乡亲愿意帮忙一试呢？"

"我来！"只见一位壮汉跑到肉市借来一把宰刀，又从羊群中提起一只羊，过了秤，随即麻利地把羊给宰割了，没等提上案板，羊肚子里的水已经顺着肠胃往外淌。大约半个时辰后再过秤，竟然少了七八斤的重量。

众人哗然，斥责声，叫骂声，混成一片。

突然，人群中有人认出孔子，高声道："这位夫子就是大司寇孔丘，孔大人啊！"

"啊！原来他就是孔子啊，这下可好啦！"

"请孔夫子评理！"

"请大司寇发落！"

沈犹氏目瞪口呆，躬身走到孔子面前，双膝跪地，一边磕头，一边求饶，"小人有眼不识泰山，多有冒犯，还望大人恕罪……"

孔子面对围观的百姓说道："沈犹氏多年来一直贩卖活羊，以方便百姓，本是一件利民的好事，怎奈他竟用盐水拌饲料喂羊，以致羊体内充水，坑害了很多无辜百姓，他图财而行不义，如不严厉惩处，不足以纠正商贾欺民害民、欺行霸市之风！现令其退回老妇人羊钱，罚重款以责其过，并通告全国以彰其咎，诲其同类。"

百姓们不约而同地鼓掌叫好。

一日，春意融融，孔子带领着颜回、子路、子贡出城游春。走过十几里路，来至一座山下，孔子举目远望，但见两峰对峙，有刀劈剑削之势，山脚下，泉水汇流一处，河流清澈见底，不禁自语道："真是修身养性的好去处！"

子路卸下车，拴好马，来到河岸边，和师兄弟们一起围坐在孔子身边，欣赏着无边的春色，神情怡然。

孔子望着眼前的秀丽河山，兴奋地说："我每次出游，心情都格外舒畅，出游可以使人心胸开阔、视野宽广。面对眼前这如画的风光，你们何不谈一谈自己的志向呢？"

子路总是抢先回答："仲由愿挥动着长枪，冲杀于三军阵前，像有老虎在后边追赶着。仇敌在前面堵截着一样，毫无顾虑地勇往直前，奋勇挺进，去拯救两国交兵的患难。"

孔子听了，笑着说：“仲由，你真是个勇士啊！”

子贡想了想说：“如果有两国结仇，造成祸端，壮士们排列着上战场，互相攻击，尘土弥漫直上云霄，我不需要拿着尺长的兵器，也不用带一斗粮食，就能排解两国的患难。只要他们能采纳我的主张就能获得生存，不采纳就会灭亡。”

孔子点点头说：“端木赐，好一个辩士呀！”

轮到颜回了，颜回则摇摇头，不愿再谈，孔子问：“为什么不愿谈呢？各抒己见嘛！”

“他们二人都已经谈了自己的志愿，既有武的，也有文的，所以回不敢再谈我的志愿了。”

“志愿各有不同，回，谈谈你的志愿，我可以开导你啊！”

颜回正襟危坐，缓缓说道：“回希望能够辅佐一个小国，君主要用原则来制约，臣子以道德去教化，君臣能够同心同德，内外一致，彼此相应。各国诸侯没有不顺从的，壮年人快步前进，老年人相互扶持。教化实行在百姓之中，仁德广施于四方少数民族，大家都放下兵器，聚集在四门。天下都能得到永久的安宁，自然界一切大小事物，都能得以自由发展，满足本性要求。人们推荐贤良，各尽其职，各显其能。于是，国君便能安适地居于上位，臣子在下边也能十分和谐，国君垂衣拱手不去妄为，臣下一举一动都符合道义，一言一行均合于礼节。讲说仁义的，就加以奖赏；谈论争斗的，便处以刑罚。那么，仲由将到何处去救助？端木赐又将解什么难呢？”

孔子非常赞赏，“回，好啊！大人出现，小人就藏匿了；圣者兴起，贤者便隐伏了。颜回如能参与执政，那仲由和端木赐该到何处去施展他们的才能啊！”说完，孔子望着众弟子，满意地哈哈大笑起来。

治　鲁

　　师徒几人一边欣赏着春日美景，一边谈论着治国之道，山谷间不时传来欢歌笑语之声……

七

阳春三月的一天，齐国国都临淄的宫殿内，齐景公在内殿里踱来踱去。

"君上，该上早朝了，大臣们都已在大殿内恭候！"一个侍者快步上前，轻声说道。

齐景公整整朝服，叹了口气，向大殿走去。

朝堂上，大夫黎钼（chú）说："君上，孔丘在鲁国得到重用，鲁国将很快得治。听说中都被孔丘治理一年，竟然达到路不拾遗、夜不闭户的程度。现在，各国都在纷纷效法。照此下去，鲁国用不了三年就能强盛起来，各路诸侯都要对他们另眼相看了，那时势必要威胁到齐国。"

齐景公点了点头，"是啊！鲁强必为齐患！百年以来，我历代先君的梦想，就是吞并鲁国，打开齐国西进中原的通道。不知黎大夫有何高见啊？"

黎钼便献上一计，"孔丘治鲁，初有成效。我们何不设一会盟，以祝贺鲁国礼治为名，邀鲁君到齐鲁边境上的夹谷赴会？夹谷是莱夷旧地，可在席间让野人献舞，趁机劫持鲁君为人质，我们再居中调解，要挟鲁君和'三桓'从此听命于齐国。"

齐景公闻言，心中大喜，脱口称赞："好主意！鲁君如若不肯赴约，寡人出兵伐鲁也不再是师出无名了。黎大夫，你尽快修国书一封，邀请鲁君在夹谷举行会盟。"

黎钼见齐景公准奏，眉飞色舞，"请君上放心，臣定会将一切安排妥当！"

鲁定公读了齐侯国书后，便与"三桓"商议对策。

叔孙武担忧地说："齐强鲁弱，而且齐国向来诡计多端，突然相邀，决非善意，贸然赴会，恐为齐国所挟迫。"

孟孙何忌也点头赞同，"君上，此事重大，还须仔细权衡，三思而后行啊！"

季孙斯却道："明知齐国有诈，却不能不往，不往既表示鲁国不愿与齐国盟好，又显得鲁国怯懦与软弱。况且，不去赴会，势必会得罪齐国，平白招至祸端。"

鲁定公又看了看孔子，"孔丘，你的意见如何？"

孔子一揖，坦然说道："大司徒所言极是，我们应该以礼相待。"

鲁定公犹豫了片刻，顾虑重重地说："孔丘，话虽这么说，但寡人此去前途坎坷，凶多吉少，必须要有一位才能出众，文武双全的人作相礼，谁能为寡人举荐一人？"其实依照惯例，两君会盟，皆由冢宰相礼。但鲁定公觉得孔子担当此任最为合适，可他又怕季孙斯不肯相让，故发此问。

众人都哑然不语。

季孙斯突然打破了沉默，"此去，按惯例应是臣为相礼，但臣才疏学浅，不懂礼仪，恐辱国辱君。孔大司寇自幼习礼，博学多才，又为相礼之儒，可担当此任。而且只要官为上卿，均可任相礼。"

孔子

孔子心里很清楚，季孙斯推脱相礼之职，不仅是为了图清闲，更是怕担风险，陪国君会盟，稍有不慎，便有丧权辱国的危险。然而，身为大臣，应以宗庙社稷为念，见义不为无勇也，宁杀身以成仁，而且这正是重塑鲁国礼仪之邦，实施礼治学说的时机，岂能畏缩却步？想到此，孔子欣然接受。

郊外山野，马蹄杂沓，梅花鹿惊走。

树影婆娑之间，季孙斯一身戎服与儿子季孙肥进入密林中打猎，一队武士尾随其后。季氏乡甲由公山狃率领，协助包围野兽。围在林中惊慌奔逃的鹿群散开来四下逃窜！

季孙斯愤然拉弓射箭，似乎在发泄这段时间他在廷议上的郁闷！一只奔跑而来的野兔随之中箭！

季孙斯与儿子捡起射中的野兔，徒步观赏山色，春日和煦，微风拂面，远方巍峨的泰山耸入云端。

季孙斯指点江山，对着儿子感慨道："看，山有山势，风有风势。你记住了，必须要懂得审时度势，顺势而变化，才能控鲁国于掌握之中！"

季孙肥点头称是。

季孙斯走到篝火堆前，将野兔架到火上烤了起来，"如今鲁国有一股新势力跃跃欲试，你看得出来吗？"

"不就是孔丘及其弟子们吗？应当在他们成势之前，打压下去——"季孙肥咬牙切齿地做了个"砍"的手势。

"不，孔丘现在已为大司寇，位列上卿，近日，齐国送来国书欲与鲁国会盟，我已提议让孔丘担任会盟相礼。"

"父亲！不要养虎遗患啊！"季孙肥还未能参透父亲欲擒故纵

的心思。

"肥啊！我们家四世三公，树大招风，当今鲁国，我们的对手并不只是一个孔丘，威胁来自方方面面。所以呀，不如顺势借力，目前反而要重用孔丘——"季孙斯见叔孙武迎面而来，没有再继续说下去。

叔孙武看看身边四周，没有闲人了，几步走上前说道："季伯，你为什么要举荐孔丘为相礼，与齐国会盟？孔丘，还有他那群弟子——不过都是出身低贱的一群村夫、商贩、野人！如今居然俯仰于朝廷之上！此次孔丘随君上出使，如果成功，则君上势力会日渐增强，到时候哪里还会有我们三家的立足之地啊？！"

季孙斯将烤好的野兔递给叔孙武一块，自己则取酒壶喝了一口酒，"三家，三家，名曰'三桓'，其实一直都是三心二意！你可去问过孟氏的态度吗？"

季孙肥点点头，"是呀！孟氏老宗主孟孙觉曾经一直为自己陪同昭公出使郑国，不懂相仪之礼，当众出丑而耿耿于怀。临死前，他让两个儿子孟孙何忌、南宫敬叔拜孔丘为师学礼。孟南宫还曾向昭公建议，派他和孔丘一块到周的京城洛阳去拜见老子。只怕孟家并不与我们两家同心同德。"

季孙斯看了看叔孙武，叔孙武边吃边说："唉！我这也不只是为叔氏着想啊！季伯，总之我们不能让此次会盟成功！"

岂料季孙斯勃然大怒，一巴掌把火架子拍翻："你要知道哪是手心，哪是手背！齐襄公当年淫戏我高曾祖桓公夫人，齐鲁是不共戴天的世仇！难道你不是鲁国人吗？"

说完便站起身来，踩着奴隶的背登上了一架马车，季孙肥紧随其后也上了马车，两辆马车飞奔穿行在山间的土路上……

八

月明星稀的深夜，曲阜街道一片寂静，灯火渐次熄灭，只有新任大司寇府中还是灯光点点。

孔子和他的弟子们都席地而坐，孔子一言不发，神色严峻。颜回、子路、子贡、冉求围坐在四周。大家的目光都盯在那张舆图上，东北方的齐临淄，鲁曲阜、中都、费，西方的卫、郑、宋、晋，南方的楚……

孔子正色道："齐对鲁一直存有异心，现在鲁国稍有振兴，齐不但不敌视，反而相邀会盟庆贺，岂不反常！？我在齐三年，对齐国君臣有一些了解，齐君没什么主见，倒是那个黎鉏，我与他接触虽然较为频繁，却一直摸不透他，这次夹谷之会一定是黎鉏所策划。名为祝贺与结好，实则暗藏杀机，欲以刀光剑影胁迫君上，以使我鲁国成为其附庸。"

众弟子的神情一下子都紧张起来。

孔子停顿了一下，"此次会盟是我任大司寇以来的第一件外交大事，荣辱得失，影响很大。"他的目光从舆图上移向了颜回，说道："颜回，君上已同意你任我方司仪，一切仪仗应对要保证两国的地位对等。"

"诺。"颜回坚定地回答。

孔子侧过身对子路说:"仲由,只有你跟端木赐是可以佩剑上台的人,到时你们要谨慎保护君上,当机立断,以防不测。"

"没问题。"子路豪爽地应承着。

"这可是生死存亡之大事,不可不慎,仲由!"孔子放心不下,又叮嘱了两句。

子路立刻收敛了兴奋之情,"诺。"

"冉求,你先行前往夹谷观察盟台附近的山形地势,找几处可以隐藏的地方。"

正当大家商议之时,公伯寮禀告孔子,左右司马樊迟、申句须到了。

左右司马上前行礼,二人坐定后,孔子分析道:"齐鲁会盟,名曰修两邦之好,结亲戚之谊,但齐强鲁弱,齐国一直在欺凌我国。此次会盟,地点是他们定的,你们看,夹谷在两国边境的莱夷山野上。"孔子指着舆图上齐鲁交界的夹谷,继续说道:"这块山野谷地兵家称之为绝地。齐人为何选在这里会盟?我担心这背后有名堂。而且讲礼治的人也不能抛弃武备,两国媾和也必须有兵马做后盾。所以我想让你们领兵车随行,在会盟地有所戒备。"

樊迟听此面露难色,"夫子,学生虽任司马,可这营中却没有一辆兵车。鲁国调动兵车之权,是由季氏家族掌管。而季氏的甲士、农夫、战车,可都掌控在费邑司马公山狃的手中啊!"

"是呀,大司寇,听说大司徒正在费邑和公山狃商讨将要举行的乡射之礼呢!"申句须补充道。

"好吧,那我现在就起身去拜会这两位大人!"孔子说着起身走出了大司寇府。

孔　子

　　孔子带着颜回、子路等弟子，快马加鞭，连夜赶往费邑。到达城外，已时近正午。正准备入城，几个士兵用戈挡住了孔子的车，高声说："鲁国官员一律不许进城！"

　　子路纵身跳下车，跨步冲到士兵面前，将一块木质书板塞到士兵手中，"这是大司寇孔丘大人的通关木牒。"

　　士兵连看都不看，把木牒撇到地上，面无表情地说："这里是季氏私邑领地，鲁国的通关木牒在这儿不好使！我费邑司马公山大夫有令，鲁国官车一律不得入城！官员必须下车，徒步入城。"

　　"费邑难道已经不是鲁国了吗？！"子路忍无可忍地高声吼道，随即捡起了被扔在地上的木牒。

　　颜回上前拉住子路，强忍着愤怒，客气地说："有劳通报一下费邑司马公山大夫。"

　　士兵斜着眼，看了看颜回，"通报，那是要收费的！"

　　子路甩开颜回，铁青着脸骂道："混账东西！"

　　"仲由！休得鲁莽。"孔子走下车来，又回过头交代冉求，"你且留在城外照看车辆。我们进城去去就来。"他招呼着弟子们遵命而行。

　　颜回、子路、子贡伴随在孔子身旁，四人跟着进城的人走入城门。在护城池桥前，士兵一一搜身。搜到孔子时，他们低头看到孔子脚上穿着的那双开了口的破靴子，不禁低头窃笑，心中暗想："哪有这般寒酸的大司寇！"

　　子路被强行搜完身，一脸的不高兴，冷笑道："原来这费邑已经改姓了，一不姓鲁，二不姓姬，三不姓季，只姓公山了！夫子，您先前竟然还考虑来此与他合作呢！"

　　孔子脸色一沉，对着子路愤怒地说："我来，是想兴复周礼，不是跟他一起作乱！昔日，文王武王尝以丰镐之弹丸之地而有天下，难道我就不能以费邑为中心而于东方复兴文武之道吗？"

颜回见子路又挑起孔子的伤心事，转而说道："现在，除了曲阜，费邑是鲁国武士农夫最多、税赋最富的城邑了。"

孔子注视着面前高大的城墙和厚重的城门，自语道："诸侯贵卿，采邑城墙，不应高过八尺。"孔子伸出手比划个"八"，指向城墙，摇了摇头，"诗云：'溥天之下，莫非王土。率土之滨，莫非王臣。'而如今到处都是陪臣执国命啊！"

子路很是不平地问："夫子，上次在学舍，那公山狃既是请您来这里，他怎么也不关照一下？竟让我们受此之辱！"

颜回马上答道："子路，你好天真呀！他让夫子来这里就是想要显显威风啊！"

孔子一行刚刚走进城门，就见上百名蓬头垢面、赤身裸体的农夫被拴成长长一排，这些农夫们被赶到城下的空场上跪地晾晒着。七八个差人一边呵骂，一边抽打着他们。

孔子打发子路去探问。

子路回来禀告："邑人说，公山狃今日率武士去曲阜为乡射之礼作准备去了，不在费邑。"

孔子点点头一指，"哦！那这些罪人是怎么回事？"

"公山狃最近又在加征丘甲兵赋，这些农夫缴纳不起，就被抓起来在城下跪地晾晒示众。如若还不能按时缴纳，就要被砍掉一条腿。"

孔子愤愤地说道："公山狃居然设立如此私刑！让我这大司寇也只能瞠目结舌了！看来鲁国已经没有法啦！"

他们一行人来到费邑市集，市集上冷冷清清。一家家卖鞋的皮匠铺中，传来的却都是嚓嚓的削木之声。

子路上前问道："老兄，你这不做皮匠，怎么改做木匠了？"

皮匠师傅头也不抬，只顾用刀削弄着手上的一截木头，"你要买什么？也要买木腿吗？要多大号的？去挑吧！"回头用手指指后面的铺子。

子路指了指孔子，"是这位夫子要买双皮履。"

皮匠头也不抬地摇摇手，"我这铺子现在早就不做皮履了。"

"你挂着鞋铺招牌，为什么不卖鞋了？"孔子问道。

皮匠苦笑道："费邑的男人，腿都快被砍完了，谁还用得着穿鞋啊！"说着，用刀在木头的底部重重地削去一截，掀开挡在腿上的麻布，一双木头假腿露了出来。孔子等人倒吸了一口冷气。

匠人全然没有理会他们，若无其事地拆下自己的一支假腿，把新做的木腿绑上，起身试用，走了走，苦笑着说："呦，削多了，这一支矮了用合适，给矮子用吧。"说着，匠人掀开挡在壁上的一块毡布——一排排假腿挂满墙壁，晃动的假腿碰得吭吭作响。

孔子等人被眼前一幕瘆人的景象惊呆了，他接过子路手中的一袋钱币，放到摊前，转过身，头也不回地快步走了。

匠人赶忙起身，对着孔子的背影感激地喊道："谢谢大人，谢谢大人，您拿几双草鞋走吧！"

周围许多被截去一条腿的匠人在看到孔子一行人的作为后，他们纷纷拄着拐，以最快的速度围了上来。孔子低头看了看自己破了的靴子，带着弟子们向前走去。后面的人想跟上来，无奈腿脚不便，只能是越跟越远，绝望、无助的叫喊声和哭诉声连成一片。

走到土城边，孔子突然停住了脚步，弟子们也急忙住脚。周遭一片寂静,远处忽然传来一声令人毛骨悚然的惨叫,这声音让孔子眼前不觉闪过一幅惨无人道的画面:血光四溅,又一个壮汉的腿被砍断,这腿和着一声惨叫,瞬间滚落在残肢堆中,鲜血汩汩地冒着,浸透了大地……

颜回愤恨地说:"这究竟是什么世道啊?假腿竟然比鞋好买!"

孔子转过身,两行热泪滑落下来,过了半晌才舒出一口气来,"国中到处有国,鲁国,鲁国……国已不国啊……"

孔子

九

温暖的早春午后，阳光普照着曲阜乡射礼宴开阔的射艺场，场上人头攒动，鲁国贵族们正在进行乡射聚会。有人在看斗鸡，有人在博弈。

孔子和子路刚想要进场，却被站在门前的叔孙武挡住了去路，他将二人从头打量到脚，一脸轻蔑地说："呦！是孔大司寇啊，能来这个场子的都是我鲁国的世家贵族，你是什么出身啊？可没有人请你来呀！"

"我来此是见季大司徒和公山狃大夫的，有重要国事商谈！"

季孙斯、公山狃正在兴致勃勃地射箭。公山狃持弓站立，皮质的箭靶立在场中，已有一箭中的。公山狃伸手邀请季氏，"宗主，该您射了！"

季孙斯走到射箭台前，向司射点头示意，司射赶忙给他拿来了弓箭。季孙斯站定，深吸一口气，拉弓，一箭放出，正中红心，继而，又从旁边拿起箭再射，这一箭射出却歪了一些。站在一旁的公山狃嘿嘿地冷笑了两声。

孔子走到季孙斯面前，一揖欲开言。季孙斯伸手挡住，偏身又射一箭，箭脱靶而去，他看了一眼孔子，露出了尴尬的神情。

孔子微微一笑说道："射礼，内求心志中正，外求形体正直。大人身步没站稳，自然无法中的。"

季孙斯斜着眼看着孔子，把弓递给他，"你来！"

孔子推弓谦让，"小人射不好，还请季大人再试！"

季孙斯拿着弓，坚持地说："你射，你射！"

孔子接过弓，几步跨到射台处，气定神闲，张弓就射，一箭正中红心，转身拿起一支箭再挂上，又是一箭正中红心，再拿起一支箭挂上，又中红心。

季孙斯不禁脱口道："孔大司寇，射得不错嘛！"

公山狃撇撇嘴，阴阳怪气地问："孔丘，射御乃君子之道，你是个没爹的人，你的射术，是从何处偷学来的？"

子路一听公山狃竟敢如此辱没孔子，就压不住火了，他跨前一步，怒道："孔大人的先父是武士叔梁纥。"

孔子却平静地说："不错！小人在三岁时，先父就弃世了。少小贫贱孤苦，所以学到不少生存的本领。小人虽然好学，但并无常师。君子之六艺，正是小人年轻时，向四方君子学到的。"

"好，那咱俩就比试比试！"公山狃挑衅地说道。

孔子谦让地摆了摆手。

公山狃却不依不饶地说："不行！不行！一定要比！"又喝令奴隶："把箭靶向后移一百步！"

子路听罢，立刻转怒为喜，心想，公山狃，这回你可要自取其辱了！

公山狃张弓瞄靶，一箭中靶，但不在靶心。公山狃得意地说："请吧，孔大夫！"

孔子接过弓调试，摇摇头，转过身对子路说："把我的劲弓取

孔子

来！"子路立即从弓套中取出一张大弓递给孔子。孔子调试好劲弓，跨步射箭，一箭命中红心！

公山狃再发一箭，竟然擦过靶边，不中！全场鸦雀无声，报靶人把旗垂下。

孔子跨出马步，又一发中的！子路兴奋地一击掌，大声叫道："好箭法，太棒了！"公山狃见状愤愤地弃弓转身而去。

孔子执弓，向季孙斯行礼，"承大夫礼让了。"

季孙斯接过大弓，欲拉，拉不开，笑着说："夫子好大力啊！领教。"

二人下阶，季孙斯举杯敬孔子，"干了。"孔子也一饮而尽。

季孙斯端着杯盏点点头，接着说道："令尊叔梁纥当年就以雄力见称，听说，曾经在攻入偪（fù）阳城时，守城的人把闸门放了下来，想要把先入城的队伍隔断在城里，是令尊用双手把闸门一掀而起，才使得先入城的军队完全退出来，真是力大无比呀。你射技不错，力气又大，不愧为武士之后！"

孔子双手一揖，"承蒙大司徒夸奖，小人来此不是比箭术的，而是为了一件国事。"

季孙斯看着孔子，"大司寇，请讲。"

孔子拱手道："齐鲁会盟，乃国之大事。请大司徒令公山狃从费邑调战车随行护卫君上，以振我鲁国国威。"

季孙斯看了他一眼，沉吟着，"又不是武会大蒐之礼，为什么还要出动战车？"

孔子答道："周公有教：有文事者，必以武事备之；有武事者，必以文事备之。从前，宋襄公出国，因为没带兵马，结果白白受了楚国的欺侮。前车之覆，后车之鉴，齐乃虎狼之国，不可不防。"

季孙斯想了想，问道："哦！你想要多少战车？"

"五百乘（shèng）。"

季孙斯不语。

"莫非季大人有所为难？"

季孙斯看了看孔子，依旧不语。

孔子淡淡地说："小人前日先去过费邑，那里好像已经不是鲁国的辖地了。不知季大夫的令，公山狃会不会听啊！"

季孙斯仿佛被击中了要害一般，挑高了声调，大声说："那里是我家的领地，不听我的听谁的？只是我看也不需要那么多吧？可以给你兵车五十乘。"说罢便拂袖而去，把孔子撇在了身后。

傍晚，季府后院，季孙斯手搭凉棚，眼睛看向即将西沉的落日，对着天空吹了一声口哨，随着这声清脆的哨响，远处那只鹰自空中盘旋而至，直落在季孙斯的肩头。独眼的奴隶头顶着一盘鲜肉跪在一边，季孙斯挑出一块肉，猛地往天上一抛，鹰追随着这条弧线迅猛地扑了上去，当空把肉叼走。

"太棒了！"季孙斯回头看去，家臣正带着公山狃走进后院。

"宗主，您怎么轻易同意给孔丘出兵车了呢！？"

季孙斯冷冷一笑，"怎么了？"

"已接到了您的调兵虎符。为了君上的安全，您何必要调我的武士、农夫？而且，这五十乘兵车甲士，连粮草费用，也全让我费邑出！？"

季孙斯嗔怒道："看来，这费邑真的已经不姓季，只姓公山了！"

"宗主，不是我舍不得这点兵车，您想过没有，今天这五十乘兵车调到曲阜，就得交给鲁中军司马樊迟，他可是孔丘的弟子，五十乘兵车虽然不多，但从此，那孔丘也能掌控鲁国的中军兵权了！"

站在一旁的季孙肥听了这话，立刻冲奴隶摆摆手，奴隶屈身退下。

公山狃继续说道："宗主，您想过没有，一旦会盟成功，孔丘倚仗君上，腰杆更会硬起来。他现在出任大司寇虽然时间不长，却已然能够政令通达，还很得民心呢！而且君上自从有了他撑腰，对我们也一天比一天强势，将来究竟是谁来掌控鲁国呢，还真的很难说啊！"

季孙斯觉得公山狃的话不无道理，"那你的意思是……"

"我们最好按兵不动。"

季孙斯摇摇头，"这兵车是一定要去的。只是，你何不亲自领兵而行？如果孔丘有失礼之处，你就当场向君上请命，取了他的人头嘛！"

公山狃点点头，"那就依宗主所说！"说完便退下了。

这时叔孙武走了过来，"季伯，您真给了孔丘中军兵权了？"

季孙斯神秘一笑，"让他们去斗吧！好事！"

十

山路上，子路驾车，孔子与鲁定公同坐在车上，颜回、子贡等弟子随行。一行人沿着狭长的沟谷前行，后面仅有仪仗和几个随从。

忽然，冉求从后面驾车一路赶了过来，"夫子——"

孔子听到冉求的声音，示意停车。冉求赶上前来，首先向鲁定公和孔子行礼。孔子看着冉求，急忙问道："费邑的兵车出动了没有？"

冉求如实禀告："出动了。但是，领兵的不是樊迟他们，而是公山狃！"

孔子立刻觉察到其中一定有问题，马上吩咐冉求，让他带领一批弟子到附近雇五百头牛，并多准备一些旗帜，先行前往夹谷，把人、牛和旗帜都伪装隐藏起来。

冉求疑惑地问："这是做什么？夫子！"

孔子招手命冉求凑过来，附耳低语，随后又说："此会非善盟。冉求，你和仲由领着会武的弟子们，一定要依我吩咐有所准备。"

冉求调转马车的方向，"诺！夫子！"说着，便驾着马车沿原路返回了。

一行人很快来到了会盟之地。

孔子

孔子环顾四周，这里是齐鲁交界之处，位于泰山以东的一处狭长的沟谷地带。谷内千溪万壑，流水淙淙，两坡苍松翠柏，遮天蔽日。此时满山遍野的野花竞相绽放，五颜六色，一丛丛、一簇簇，分外绚丽，山风拂过，送来阵阵花香……孔子心中暗想，本是一处美丽怡人的风景胜地，然而此刻却杀机暗涌，即将迎来的也许是一场大风暴。

山谷里的一大块空地上矗立着一座依山而建的会盟之台，高台上是一座巍峨的木质宫殿，飞檐斗拱，四周有高墙围挡，旌旗招展，兵矛林立。齐侯已在高坛之上等候，罗伞旌旗，飘带生姿。齐大夫黎钮与司礼官等侍从在旁侍立着。齐军千乘战车排成的方阵绵延于夹谷之间。

鲁定公有些胆怯，低声对孔子说："孔丘啊，齐国带来这么多兵马，是不是有什么不轨之图啊？"

孔子沉稳地答道："既来之，则安之！君上请放心，微臣已有所防备，我会见机行事的。"随后便偕同鲁定公来至台边。

齐国司礼官高声唱道："齐侯有请鲁君登台——"鲁定公闻声正欲举步登台，孔子拽拽他的衣袖，示意稍等。

颜回先行登台，从关闭的大门外，可以看到豪华的会盟内宫，云集的齐国官员正在齐景公的带领下齐步向前走来。颜回稳住了脚步，向齐景公拱手一揖，高声说道："齐主鲁客，鲁君远来，有劳齐侯下台迎迓——"

高殿外正准备走上前来的齐景公被身后的黎钮拽住了衣角，齐景公看了看黎钮，不解其意，黎钮低声道："君上，不可降尊纡贵。"

黎钮向齐国司礼官示意，司礼官再次高声唱道："齐侯有请鲁君登台。"

颜回看了看台下，坚持地高声道："鲁为公国，齐为侯国。依周礼，恭请齐侯降台迎迓——"

双方相持不下。

鲁定公看看台下陈列的齐军，战旗猎猎，威势压人，顿时心生怯意，对孔子说："要不然，我们先上去吧！"

孔子立刻制止，"君上，不可！非礼勿视，非礼勿听，非礼勿言，非礼勿动！"

双方僵持了好一会儿，齐景公觉得有些尴尬，笑着说："好吧，好吧！齐国是盟主，寡人岂能怠慢贵客？！"说着便起坐，下台阶迎接。

黎鉏不便再次拦阻，只好跟随齐景公一起下了台阶。

齐景公走到台下对鲁定公说："鲁君远来，车驾劳顿了。"鲁定公深拜回礼。孔子代为回答："当年武王周公封齐鲁时，相约两国子孙世世无相犯，永结盟好。齐鲁乃亲戚之国。鲁君此来愿与齐君携手，重订兄弟之盟。"

齐景公点头微笑，表示赞同，与鲁定公携手拾级而上。齐相黎鉏和鲁大司寇孔子并肩登上坛台，齐国司礼官员，孔子弟子和使节从后。子路、子贡按剑随护在鲁定公左右。

谒者推开宫殿的大门，粲然豪华的大殿展现在眼前，远比曲阜宫室气派、华美。两位国君手牵手步入大殿，走至堂中对拜，分别步入尊榻，再行对拜后，按齐为东道主，鲁为西宾坐定。孔子、黎鉏分别在各自国君身侧就座。两方官员在阶下，子路、颜回等弟子和两国文官分别列坐。列坐后，颜回奉上大雁向齐献礼，齐司礼官同样报以大雁作为见面礼。

黎鉏代表东道主齐景公，以盟主的身份首先讲话，"齐鲁两国，

孔 子

唇齿相依，世代友好，且历有姻亲。齐国国君今欣闻鲁国大治，兴国安邦，不胜欢愉，特举办此次盟会，深表庆贺，并愿永结盟好。"

黎钼讲完，两国相礼便开始引导国君正式举行仪式。

齐大夫黎钼挥手示意，两位侍者各自端着盛有活雁和酒器的盘子庄严肃穆地登上祭坛。一位侍者用牛耳尖刀直刺大雁颈部，并向两杯酒中各滴了几滴鲜血，退于一旁。黎钼双手捧起一杯血酒递与齐景公，齐景公起身离座，向鲁定公双手举杯。孔子双手捧起另一杯血酒递与鲁定公，鲁定公也起身接过酒杯，双手举杯还礼，二人肩并肩站于一处，举起酒杯向天地各洒少许，然后一饮而尽，歃血为盟。

礼仪完毕，鲁定公高兴地说："鲁国愿与齐国以礼相待，永息干戈。"

黎钼更是热情，"当然，当然，齐鲁虽然是异姓诸侯，毕竟是亲戚之邦，下臣唯愿此次会盟以后，两国合体无间如同一国。"

孔子听后，心中不禁一悸。齐国早有吞并鲁国之意，齐国虽是太公姜尚的封国，但与鲁国不同，鲁国乃是天子嫡亲封国。这"如同一国"，实在是不合"礼"，便依礼坦言道："黎大夫所言微妙！四海之内，莫非王土，都是周天子所封，本为一体！只是鲁君与齐君，都有为周天子各守其土之责！"

黎钼又说道："两君在上！卑臣还有一个提议：此次会盟之后，即使两国不能合为一邦，也应结为同盟之邦，有互助之义务。如果齐国与第三国发生战事，鲁国须以兵车五百乘加盟作战！"

齐景公兴奋地说："嗯！好，好，好！此议不错。"

鲁定公为难地看着孔子。

孔子立刻说："君子和而不同，小人同而不和。两君在上，微臣也有一个提议。此次会盟之后，齐鲁既已结为盟邦，齐国过去占领了不少鲁国土地，因此，微臣先请齐国归还三十年前齐军占领的郓、汶阳、龟阴这汶上三田的鲁国故土。"

齐景公先是一愣，然后尴尬地举起酒杯，附和道："是啊，是啊！此议也不是不可以考虑的嘛！"

孔子马上持酒敬齐景公，"君侯，君子无戏言。言必信，行必果。"

鲁定公见势也顺阶而上，举杯对齐景公说："啊……来来，干杯！"

齐景公更显尴尬，进退两难，只能连连点头，举杯回礼，"对！对！是……是。"

黎锄见第一回合孔丘已经明显占了上风，赶紧实施自己的既定计划，他站起身来说道："臣还有一个提议，今日两君相会，不能无舞乐。夹谷乃莱夷荒野。司礼官，请本地莱酋登台，为鲁君献舞！"

司礼官随即答道："诺！请莱酋献舞乐为鲁国君臣助兴——"

孔子、鲁定公等人一齐向大门口看去。一群山野之人袒胸露臂，头戴牛首或狰狞面具，身披兽皮，手持盾牌、剑戟，奏起蛮乐，自二层平台鼓噪而上。他们咿咿呀呀，狂欢乱舞，有的莱人在舞动中逐渐逼近孔子和鲁定公，吓得鲁定公面如土灰、魂不附体，浑身颤抖……

黎锄见状，暗中把酒杯挑翻，以此为号。莱酋舞者会意，点起火把，喷酒吹火，直逼鲁定公，手中的斧钺刀枪在鲁定公面前摇来晃去。鲁定公不停地狼狈躲闪，引得齐人一阵狂笑。

孔子见状从座位上站起身来，一面向前护住鲁定公，一面示意子路、子贡。子路、子贡会意，拔剑而起，"我们二人也愿献君子之剑舞，为齐国君臣助兴！"不等回应，二人上前舞剑遮挡住莱夷人，在舞动中一面机警地护卫鲁定公和孔子，一面暗暗瞄着黎锄和齐景公。

突然，领舞的莱酋出刀砍向鲁定公。子路即刻迎上，用剑挡住莱酋之刀，两人格斗在一起，子路一剑将莱酋刺倒，莱人大乱。子贡大步流星冲向齐景公，一剑直抵咽喉。

孔子怒目圆睁，大步走到齐景公和黎鉏面前大声喝道："黎大夫，两国君主盟会，谁人安排这班野人行此蛮野之舞，请问成何体统？！是可忍，孰不可忍！"

齐景公看到子贡执剑瞄在自己身旁，也害怕起来，一拍几案，斥道："确实不成体统，都快给我滚下去！"莱酋舞者纷纷退下。

孔子愤然道："齐乃泱泱大国，竟然如此失礼，臣窃为齐侯耻之！"齐景公非常惭愧地低下了头。

黎鉏闻言大怒，"孔丘，我看你们君臣今日是不想回去了！看！"说着向坛下举起了令麾。

齐战车见麾而动，从盟台两旁倾泻而出，迅速向鲁国的五十辆战车围了过来。公山狃眼见战车被围，大惊失色，连声喊道："糟了！糟了！"

孔子快步走上前，从台上往台下看去，齐战车转眼间已全部占领了夹谷，鲁国仅有的五十乘战车也已被齐兵团团围住。

颜回怀抱令麾看着孔子。孔子向颜回使了一个眼色，颜回见势也举起了令麾。台下的冉求向天空射出了早已备好的狼烟响箭……

这时的鲁定公已经面无血色，四肢冰凉。

孔子走到齐景公面前，对齐景公揖手，"君侯在上，此次我鲁国君上应约前来盟会，是为了和平而来，所以只带来五十乘战车。但鲁君为戒护盟地平安，在前方山林下也备有千乘兵车随护，是否有必要召他们驰到台下竞技一骋？"孔子挥手向后一指，"你们看！"

齐景公、黎鉏随着孔子手指的方向，向山林看去，他们惊讶地看到山林后尘土飞扬，车影驰动，战旗飘舞，山谷中远远传来士兵震天的吼杀之声。

官殿大门处，齐景公面露恐惧，对黎钽怒目而视，高声喝道："黎大夫，难道你想让这峡谷成为厮杀的战场吗？！"

孔子揖拜，"君侯，兵临盟台，何以称为兄弟？作为盟主如此对待盟友，将来还有哪个诸侯敢相信齐国呢？"

齐景公显得有些慌乱，怒斥黎钽，"还不快快命他们退下去！"

黎钽沮丧地、无可奈何地举起退兵绿旗。齐军见旗收阵，解开对鲁军车的重重包围，兵车纷纷撤退。

一阵尘土飞扬过后，一切都归于平静。

齐景公起身，执杯走向鲁定公，"敬请鲁君恕我下臣违命之罪！"

鲁定公从来没有感到过如此的荣耀！转过身来，对齐景公一揖，"愿齐鲁两国永结盟好。"

夕阳西下。

子羔、漆思弓、曾点、公西赤、公伯寮以及孔门众弟子都如土人一般，一边扛着树枝和棍子，一边赶着尾巴上捆着大把树枝的五百头牛涌出树林。一行人蓬头垢面，齐声高唱着走出了峡谷外的森林。

子羔心悦诚服地说："夫子这回真是出了个奇招！"

"是呀，是呀，兵以正合，以奇胜。夫子可就是这么讲的啊！"曾点高兴地边走边说。

公西赤兴奋地大声喊着："快走啊！回去喝酒啦！"

众弟子在落日余晖中地谈笑而归……

十一

夏日午后的卫国宫苑外，清澈的小溪倒映着白云，一片鸟语花香。后山的一棵大槐树上，一位娇小玲珑的女子倚靠在枝条上看书，时而摘下一朵槐花放进嘴里，时而目望远方。

此时风轻云淡，她的身后是蓝天白云下的草场，映衬得她越发清丽脱俗。书简中的文字世界令她心驰神往，她的思绪也一起飘向了远方……

忽然，远处传来宫婢的叫喊声："君夫人——君夫人——"她仿佛从梦中被唤醒一般，不慌不忙地拨开散落在身上的浓密槐花，如水的明眸望向小溪对面的草场。

只见几个宫婢在溪边草场上一边跑，一边冲入密林大喊："君夫人！"

迎面一位骑马放牧的军士正怡然自得地向她们走来，"怎么？君夫人又不见了？"

宫婢焦急地禀告："是呀，大人，太子闯进了寝宫，又和君上争执起来了，夫人她却不知道跑到哪里去了……你看见了吗？"

"没有，君夫人没来我这边啊！"

几个宫婢寻了半天也没见人影，便又匆匆到其他地方寻找去了。

洽 鲁

女子见宫婢离去，抓着树枝，麻利地从树上跳了下来。她就是那些宫婢口中的卫国君夫人——南子。

身为一国之君的夫人，南子常常躲开宫婢，享受一个人的自在。她赤足向远处跑去，脚踝上戴着的那串雅致的小饰，碰撞出清脆的丁零声。南子提着裙子，光着腿脚涉水跑过了小溪，穿过碧绿的牧马场，她自由奔放的身影轻盈的掠过广阔的草场。

南子跑向远处宫殿后门的马厩栅栏门前，翻身跳了过去，穿过被洗刷、梳理完好的马群，娇小的身影消失在华丽的后宫门前。

卫国宫苑的寝宫，七十岁的卫灵公穿着便服，老态龙钟地坐在榻上，本来美美的午觉，却被太子蒯聩（kuǎi kuì）喋喋不休的纠缠给打扰了。

太子蒯聩不停地抱怨着："君父，岂能这样糊涂呢？总是要'看南子怎么说，看南子怎么说……'您是一国之君，作个决定嘛！"

卫灵公目光游移，没有回应，一副似睡非睡的样子。

太子蒯聩加重了语气说："君父，让我摄政吧！三年之内，我保证能让卫国称霸中原！"

卫灵公敷衍地摇摇手，"啊，我刚才没睡好，还迷迷糊糊的，晚一点再谈吧。"说着又准备躺下了。

太子蒯聩怅叹道："唉！君父啊！我快四十岁了，做太子都做了二十年了！您已经如此苍老，卫国也是暮气沉沉，难道您还舍不得撒手？难道您想做对不起祖宗的罪人？鲁国的孔丘有一句名言：'唯女子与小人为难养也！'国事，怎么能让女人插嘴，由一个女人来操持？这岂不是……"

太子话里话外直指南子，卫灵公已是不悦，正想转身教训太子，却看见南子回来了，立刻转怒为喜，笑脸相迎，"哈哈，哈哈哈……夫人，回来了？"

南子在门口伫立，盛装的她完全是另一个人，宫服华丽、妆饰辉煌，举止雍容华贵。

太子对她倨傲地施礼。

南子脸色一沉，抢先说："跪下。"

太子愣了，看看父亲卫灵公。

南子目光犀利地瞪着他，说道："你竟敢擅闯君父寝宫，按罪应当砍掉你的双脚，还不跪下？"

太子委屈地跪下，"我有要事要与君父商谈……"

南子转过身来，轻声细语地对卫灵公说："君上，太子有何要事，这样唐突求见呢？"

太子赶忙说："鲁国的公山狃托人带话……"

南子厉声呵斥道："不是问你。"温柔地看着老君。

卫灵公说："噢，就是鲁国季氏家宰公山狃不知何故，想投靠我们卫国，差人来探探口风。"

"哦？莫非我们卫国就是个收破烂的？"南子不屑地反问道。

"唉……所以，我才没有答应嘛！"

太子不服气地辩解道："公山狃准备来投，以报效我卫国，为什么我们不肯收留他？"

南子昂着头，走到太子面前，"收留公山狃，对卫国的将来不会有好处。公山狃侍奉鲁国季氏多年，季平子待他不薄，给了他费邑不说，还免了他多年的税赋。如今他竟然私下结交异邦，背叛旧主，如此反复小人，谁敢用他？"

太子得意地答道："我已经和他谈好条件，完全可以驾驭他！"

"你先驾驭好自己再说吧。"南子瞪了太子一眼，继续说道："鲁卫两国一向相依相存，如果我们收留公山狃，不就得罪鲁国了吗？你有没有想过，西有强大的晋国，南有称王的楚国，我们处于四战之地，失去友邦孤立无援了，该怎么办呢？"

太子哑口无言。

南子冷冷地说："出去！"

卫灵公倒抽了一口冷气："下一次可别再……"

南子咄咄逼人地喝道："再有下一次，你就不是太子了。"

太子紧盯着南子，心里暗暗思忖，"哼！我早晚得除了你！"他悻悻然深拜，起身退出。

卫灵公失望地摇摇头，"唉！太子连这层利害关系都看不透，寡人怎么能放心让他摄政呢？"

南子沉思了一下，转换话题说："把孔子请来吧，让他辅教诸位公子，卫国就可以无后顾之忧了——君上，写份国书，礼聘孔子吧！"

"那孔子肯来吗？"

南子站起来走到窗帘处，凝视自语："孔子一直怀才不遇，在鲁国受到'三桓'制约，也是障碍重重。这聘书表示我们重视他。他来最好，不来，鲁国也会重用他，鲁国强大，可以制衡齐、晋，对我们卫国也不坏！"

南子语气平和，但她那急切的眼神流露出了她内心深处的倾慕。

十二

鲁国宫门前的立鼓，被宫人擂得响声震天。

鲁定公坐于大殿之上，颇为自豪地对满朝文武官员说："这次夹谷会盟，孔丘不费一兵一卒便争讨回失陷多年的汶上三田。寡人提议在龟阴之田兴建一座新城，就赐名为'谢城'吧，以志鲁人永远记住孔丘，感谢他在此次会盟中为鲁国立下的不朽功勋。"

"三桓"面面相觑，未置可否。

鲁定公又差人将卫国国书送至季孙斯面前。

"这是什么？"季孙斯没有看国书，目光直逼鲁定公。

"卫国和齐国都送来了国书，如果我们再不重用孔丘，别人就要用他啦！只是不知诸位爱卿意下如何啊？"鲁定公不无担忧地说道。

季孙斯未作反应。叔孙武拦下国书，看后怒骂起来："这个庶子孔丘！"骂罢，将国书顺手丢到一边，直盯着鲁定公，"君上，你在一年之内把他由一介布衣，先提拔为中都大夫，再提拔为大司寇，居然位列鲁国上卿。现在还要重用，君上还打算把他抬上天吗？"

鲁定公大为尴尬，连忙赔笑，走下台去说："此次齐鲁会盟，孔丘收复失地，扬我国威，一洗三代以来齐人欺我、侮我之耻，举国上下无不传颂，孔丘虽出身庶子，但很有一套以礼治国的施政理想……"

治　鲁

季孙斯不等鲁定公把话讲完，便发话道："好吧！好吧！先父是国相、大司徒、大司寇。先父去世后，大司寇已经让孔丘做了。那鄙人就再把这个国相，也让他代理代理吧！如果他真做得好，他日奏报洛阳天子予以正式承认。目前，我只留大司徒一职吧！"

鲁定公喜上眉梢，兴奋之情溢于言表，"好！大司徒能够如此让贤，乃鲁国万民之幸啊！当此国家正处于多事之秋，正是用人之际。不仅孔丘，其一班弟子中，也大有可用之才。只是不知你们两位爱卿尊意如何？"

孟氏悻悻地点点头，叔孙武"哼"了一声，生气地别过脸去。

公元前498年，鲁定公十二年，孔子出任鲁国代理国相。

夏夜的孔子学舍，夜灯下，孔妻调着黑漆说："仲尼，这是我为你新调制的黑漆，绝对不怕水的，你试试……"

"嗯！不错。"说完孔子又埋头撰写公文，案上摆放着一张卷轴舆图，上面分布了三家封邑郈、费、成的所在位置。这几天，孔子一直在考虑该如何逐步实行他那套仁政的主张，就鲁国而言，首要的任务就是要尽快改变定公虚位、三卿擅权、家臣跋扈的混乱局面。

公伯寮困倦地端水过来，看到孔子已书写完毕，正着衣准备入朝，问道："夫子，都这么晚了，还要入朝啊？"

孔子随声应承着："嗯……有急事，让他们备车。"

公伯寮张口打着哈欠，懒懒地走出门去。孔子抬头看了他一眼，无奈地摇摇头，便起身穿着朝服走到学舍门外。等了片刻，马车还没有到，便步行朝前走去。走出一程，马车才远远地从后面追了上来。

孔子

孔子来到鲁国大殿，屈身拜行完整的周礼。谒者高唱着："代国相孔丘觐见国君——"

鲁定公正了正身子，眯着眼睛看孔子手上高举奏呈，碎步而来，问道："孔丘，你深夜闯宫，有什么急事吗？"

孔子奏道："君上，下臣得到密报，费邑宰公山狃、郈邑司马侯凡近日与蛰伏在边境阳关的阳虎密通往来，可能是在策划叛变，要将郈邑、费邑献给齐国。"

"啊？"鲁定公听到密报，顿时困意全无，诧异地问道："郈邑是叔孙家采邑，费邑是季孙家采邑。季孙大夫、叔孙大夫可知此事吗？"

"他们目前还不知此事。我的弟子驷赤在郈邑做工正，他派人星夜来报的。"

鲁定公为难地说："那，这可怎么办呢？这都是'三桓'的采邑，寡人早就管不了了。"

"下臣有一策，只是必须得到君上的授权。"

"孔丘，你要什么授权，只要有利于国家，你就放手去做吧！"

"明日朝会，下臣要提出'堕（huī）三都'之议。"

"'堕三都'！什么叫'堕三都'？"鲁定公不解地问道。

"我周朝开国时订有礼制，诸侯贵卿的采邑所建城墙不能高过八尺，就是为了防止邑宰日后拥城自大。但是近几十年来，随着三卿势力不断扩张，城墙也越修越高。因此，下臣提议削掉这三邑的高城。"

鲁定公先是一怔，随后面露难色地说："兹事体大！这可是剂猛药呢！只怕三卿不同意啊！"

"下臣认为，依照目前的时势，他们会同意的！"

"你有胜算吗？万一失败，鲁国可要惹出大乱啊！"鲁定公甚是担忧。

"人无远虑，必有近忧！臣来时占卜，得卦，象辞'群龙无首'。群龙无首，变卦则是上吉。要强公室，就必须抑大夫、贬家臣，让他们群龙无首。"

鲁定公准奏了。尽管他还不能十分理解"堕三都"的意义所在，孔子也没有将始末原委全部挑明，但鲁定公认定，孔子的任何主张，都不会损害公室的利益。

孔子驾车回到学舍，看到公伯寮如猪一般睡倒在一旁，呼噜打得山响，旁边散落着一地的酒具。

见孔子回来，子路赶忙踢踢他，"嗨！快醒醒，太阳都晒屁股了！"

公伯寮迷迷糊糊地说："别闹了，夫子又不在家！"接着又酣睡过去。

孔子摆摆手，"由他睡去吧！"

颜回给孔子递上一条洗脸巾，看着孔子疲惫的神色，关切地问道："夫子与国君谈了一整夜，一会儿还要入朝朝会，太累了吧？"

孔子一边擦脸，一边神情严肃地说："要拆除三家城墙，非得周密策划不可。"

颜回听说要拆除三家城墙，焦虑不安地问："夫子，您刚上任代理国相，就下令拆除城墙，是不是有点操之过急了，会不会激使三城反叛，变生不测啊？"

"势在必行，早晚也是要破的。"孔子坚定地说。

冉求在一边搭腔："夫子，我也觉得这样做太过冒险了。"

孔子看到弟子们都在为"堕三都"之议而担心，闭目凝神，沉思了片刻，严肃地说："弟子们，士不可以不弘毅，任重而道远！我们现在要做的一切，不仅仅是为眼前的成败……"

颜回领悟了孔子的意思，担忧之心一扫而光，心悦诚服地点点头。

睡在一旁的公伯寮恍惚间听到要拆除三家的城墙，瞬间酒醒了，但不敢吱声，只是眯着眼睛装睡，仔细地窃听着。公伯寮头靠在几上，脑后便是那宗写有"堕三都"计划的竹简，心里正在盘算着该如何把这宗竹简交到季孙斯的手上。

季氏府邸，叔孙武正和季孙斯议事。

叔孙武在大堂内踱来踱去，"你怎么能视而不见呢！孔丘到底要干什么？他所做的一切，就是要削弱我们三家之权，加强鲁定公的势力！我们可要有所防范啊！……不然他一旦做大，我们可就悔之无地了！"

季孙斯不置可否。

这时，季孙肥带着公伯寮走了进来，公伯寮一进门便将一份竹简递了上去。季孙斯接过竹简看完后递给叔孙武，叔孙武读后，把竹简狠狠地摔到地上，大怒道："你看，你看，说来就来了吧？好狠呢！堕三都！孔丘竟然要削夺我们三家的采邑封地！拆城墙，这可是要挖咱们的老根呢！"

季孙斯招招手，示意仆役过来把公伯寮带下去，并吩咐要好酒好肉地招待他这位小侄。公伯寮千恩万谢，笑嘻嘻地跟着仆役走出了房门。

季孙斯回过头来对叔孙武说："你说我们三家的封地？我问你，我们还有封地吗？除了孟家的成邑现在还姓孟，你叔家的封地姓叔，还是姓侯？费邑城还是我的吗？公山狃已经有多年不曾缴纳田赋了，前天我派公差去催，他非但分文不出，反而将催赋的公差给杀了，这一刀明摆着是砍在我的脖颈上的。他早就不把我放在眼里了，我一直就有铲除公山狃之意，无奈费邑兵强马壮、坚如磐石，实在是无能为力。他孔丘要拆？好啊！那是在帮我们把封地收回来啊！"

叔孙武听了觉得言之有理，又想起现在统管自家封邑的侯凡虽然只是马正出身的庶子，但仗着自己身高力大，射艺超群，素为郈人所畏服，又野心勃勃，一心总想着要挟持自己，控制"三桓"，总揽鲁国大权。想到这里，叔孙武迫不及待地问："那季伯你看我们该怎么办呢？"

季孙斯冷笑道："老聃有教：'将欲取之，必先予之。'支持孔丘，'堕三都'！"

十三

季孙斯、鲁定公和孔子登武子台观望，台上立着一面巨大的战鼓，后面是一片平地直通后山，可以停车。

季孙斯颇为得意地说："国都中以我家这座台为最高。这座武子台是我的曾祖父季武子，为了阅兵借山势而造，明碉暗堡，地道相连，武备精良，进可攻，退可守。你们看，从这里俯瞰，君上的宫城也就在脚下。"

孔子听了，捋着胡须，点头说道："曲阜城墙年久失修，护城河也堵塞已久。一旦遇到战事，这座台就会有用武之地了……"

一日午后，鲁宫议事堂内正在举行斗鸡宴会。

两只鸡斗得正凶，其中一只鸡后退了几步，警惕地盯着对方，脚还没有站稳，突然趁对方不备，张开翅膀抖动着全身的羽毛一跃向对方扑去，狠狠咬住另一只鸡的鸡冠，不肯松口，引得满堂喝彩。

鲁定公拿着酒杯，高声叫喊着："斗！斗！……使劲咬！使劲咬！……哈哈，寡人要赢啦！"

忽见有兵士踏水而过。紧接着，传来高颂之声，"郈邑急报——"军报士兵穿廊急跑而来。闻声，正凭栏而坐的孔子、季孙斯、孟孙何忌、鲁定公都放下手中的酒杯，站起身来。

军报将报简呈送给季孙斯，季孙斯拿起军报，迟疑了片刻又放下了，示意军报将报简传给孔子。

军报赶忙在孔子身边跪下，孔子接过报简，看后对鲁定公说："君上，叔孙武、冉求率甲士已到达郈邑。郈邑工正驷赤在接到君上堕城诏令后，即率邑人把邑宰侯凡逐出郈邑！'堕三都'的第一座城，只等一声令下，即可全数拆除。"

鲁定公听后立即起身道："好！成功了！这般突袭，打他个措手不及！"

季孙斯也举起杯说："鄙人祝贺代国相施政马到成功，干杯！今天，咱们要喝个一醉方休！"

孔子却面色凝重地说："且慢！事情还没有完，侯凡这么一跑，必有后患。"

"国相，那就快让叔孙武、冉求拆城吧，防止叛贼卷土重来！"孟孙何忌在一边说道。

这时，有侍者传报，子路在门外求见孔子。孔子起身，向在座深揖一礼，"君上，臣去看看就来。"

孟孙何忌望着季孙斯说："不知去拆费邑的仲由那边是否也能如此顺利？你那费邑可不是郈邑。你先世几代把那城墙也修得太高太结实了，这下可好，只怕成全了公山狃。那城池高大，不是一时半会儿能攻得去的啊……"

话音未落，孔子走进议事堂，匆匆跪礼，"君上，各位大人！仲由来报，侯凡已逃往费邑，很可能与公山狃联手作乱。微臣要立即部署防御，请准微臣先辞一步！"

鲁定公心怀隐忧地点点头，"你去吧！有情况立即来报！"

此时的郈邑，大锤吊在高处不断撞击着城墙，伴随着裂痕的蔓延，发出轰然巨响！在郈邑城的外墙，冉求正指挥着鲁军及奴隶有序地拆削城墙。叔孙武驱车巡视，这样的场面让他兴奋不已，他喜不自胜地看着冉求说："这下可好啦！郈邑终于又归我叔孙氏了！"

只听鼓声一响，十几名军士一齐扬鞭，几十匹战马一齐向前用力。城楼上轰隆声四起，尘烟滚滚直冲云天。成群的军士齐抱巨木，奋力直击城墙，被击碎的城墙箭垛纷扬下落。城墙上下，丁当声、号子之声响彻云霄。许多农夫、奴隶加入到浩大的拆墙战斗之中。

在通往费邑的驿道上，车乘就着火把在暗夜中飞驰。车座上的侯凡心急如焚，不断地对车夫怒吼道："快点，再快点，下半夜一定要赶到费邑，面见公山将军！"

三更时分，侯凡赶到了费邑公山狃府邸，他飞身下车，快步跑入府邸。只见整个府邸灯火通明，亮如白昼，公山狃身着甲胄、手持佩剑立于堂上，显然是早有准备。

侯凡在一旁急切地说："叔孙武和冉求已经攻下我的郈邑，季氏的人马马上就要来拆费邑。公山将军，你千万要准备好防御啊！"

公山狃根本不听侯凡所言，他偏偏要反其道而行之。

大司寇府前的浓浓晨雾中，子路与冉求二人在车乘前边走边说："子路，夫子让我来送你一程！"

"冉求，为什么夫子只给了我这点人马？而要兵分多路，把多数甲士战车留在曲阜郊外呢？"子路有些不解地问道。

"是不是夫子要防备齐人？我听说齐国黎鉏已集结大兵到边境。这公山狃可不是好对付的人，你的兵不多，一定要多加小心啊。时辰不早了，快些上路吧！"

子路驱车，率众扬鞭而去。冉求作揖相送，一直望着子路的兵车渐行渐远，逐渐消失在晨雾之中。

费邑一行十多辆运载粮草的马车，浩浩荡荡由季氏家仆护送进入都城，侯凡为首。

门吏拦住车队检查。

侯凡大声喝道："你不认识季氏的旗帜吗？这是费邑的田税，运到宫里去的，让开！"

"大司寇有令，凡进城的货物车马一律——"门吏话音未落，一身戎装、脖子上系着红巾的公山狃，从队伍中提剑大步向前，一剑刺死了门吏，"真是不识好歹！"

叛军纷纷从粮草堆里取出藏着的兵器，系上红巾，杀入城去。

在曲阜的街衢上，着了火的粮车随着受惊的马匹蜂拥而出，公山狃的数千乡甲瞬间潜入，直向宫殿奔去，沿途不断砍杀。

转眼之间，他们已经冲入城门。公山狃挥剑立在战车上，对着军士大喊："快！快！首先占领宫城！劫走国君！杀死孔丘，赶走'三桓'！"

乡甲从宫殿方向跑来，"报公山狃大人，君上不在宫里！"

"在哪儿？快找！"

"朝季氏府邸方向逃走了！"

公山狃即刻率众朝季氏府邸扑去。

孔子

孔子率领武士护着鲁定公进入季府之后，急忙交代冉求，"保护好君上！快！马上带他去武子台！"

鲁定公被众武士团团围护着，战战兢兢地向武子台上登去。

外面已经传来轰隆隆的战车声，马嘶人喊。高台之上一排弓弩手沿墙站立，拉弓引弦。土台顶部高平处，赫然停立着百辆马拉战车，冉求执戈挺立在最前排的战车上，身后上千名持戈的武士威武地立于车上。

季府前的街道上，远远地，公山狃的部队冲杀过来。

孔子在确知城郊那边樊迟和申句须已准备妥当后，才放下心来，随即登上武子台顶。

公山狃驾车，率兵一路冲杀过来。公府联军弯弓射箭，万箭齐发，被射杀的公山甲士陆续倒入河水之中，横尸一片，血流成渠。一批甲士刚刚倒下，另一批又冲了上来。

公山狃率领叛军余部追杀至武子台下，将武子台层层围住。

孔子在台上高声喝道："公山大人，你今日以费邑反叛，以一家臣围攻诸侯及大臣，非礼非法，以下犯上，岂能取胜？还不快快投降！"

公山狃对着台上众人破口大骂："国君、孔丘、'三桓'你们听着，今天我奉平子大人在天之命，把你们这班逆天叛道之众给收拾了！"

众兵杀气腾腾地应和着："收拾了！收拾了！"

兵士们早已杀红了眼，一边高喊着，一边向台上猛冲过来！

高台之上甲士持盾护卫在鲁定公前面，身边的士兵陆续有人中箭，鲁定公见状，一边后退一边不停地发抖，"孔丘，快快救寡人啊！"

孔子站在大鼓前镇定地俯看叛军，乱箭从他身边"嗖嗖"飞过。他缓缓地抽出佩剑，将剑高高举起，向冉求发令，"冲车奔驰！"

洽 鲁

冉求将戈猛然举起，大吼一声，"跟我冲！"领头驱车冲下高台。放箭的步兵被飞驰的战车冲击倒下，不断溃败后退。

孔子夺过兵士手上的鼓槌，奋力地擂响大鼓。鼓声震天，战车驰逐！

冉求领兵驾车追至城门，公山狃的战车、步兵四散逃出城。城外树林里，将军申句须、樊迟密切地关注着前方的动向。公山狃的溃军刚逃入树林，申句须、樊迟率领着战车、步兵就冲杀了出来。

费邑的兵众本已是长途疲惫，又血战一场，再遇上这样一支强敌，不一会儿，便被杀得四处奔逃，旗倒兵亡，死伤遍野……

一场叛乱平息了。

子路在费邑拆城现场，他的身后是大规模拆墙场面。城上城下，人山人海，工地上一片烟尘，丁丁当当之声不绝于耳，到处是热火朝天的繁忙景象……高大的墙体铺天盖地地坍塌下来。

尘烟散去的废墟之中，一双华贵的履，孤独地徘徊着，那正是季孙斯。

他捧起一把土，放在鼻前嗅了嗅，闭上了眼睛，高扬双手向天，把土散落在地上，尘土随风如烟散去。他独自走在费邑街道上，处处是沿街憩息的军士和他们的篝火。

季孙斯看到子路与军士们相谈甚欢，禁不住驻足观望：

子路举起酒杯，"来，来，大家多喝点啊，多喝点！你们都听我说！拆了这城墙啊，咱们就是真正的一家人了，我说的对不对啊？"

"对！"兵士们纷纷举起酒杯高呼着。

季孙斯继续向前走着，警惕地四处张望。

公伯寮见季孙斯走过来，猥琐地凑上前去，对他一阵耳语……

孔子

季孙斯站住，点点头，又唤来跟随的下人，并吩咐去叫孟孙何忌和叔孙武。

孔子的专乘由城外入城，忽然车夫勒马，疾行的车乘猛然停了下来。

"怎么回事——"孔子问。

车夫拿着鞭子朝门洞指了指，"国相您看！"

孔子看去——城门前簇拥着一堆人，都在仰脸观望。城门洞上，一条白色的帛带上吊着自杀的公山狃，一身素衣，在风中摆动。

此时，围观的人都朝孔子的车乘看来，指指划划地在议论着什么。

孔子垂下眼帘，叹了一口气对车夫说："多行不义必自毙！走吧，我们离开这里！"

季氏府院门口的街道上，无数的兵车和死尸散乱着堆满一地，军士正忙着搬运尸体，清理战场。

公伯寮驾车送孔子来到季府门前，他慢悠悠地将孔子扶下车来，孔子急不可待地走至门前叩门。

门人见是孔子，双手一揖，"孔大司寇请稍等，待我去通报一下。"孔子看了一眼停在门口的孟氏和叔孙氏的车驾，一种不祥的预感升腾起来。

季孙斯、孟孙何忌和叔孙武正在季氏府后院，孟孙何忌紧锁眉头，断然地说："我的城墙坚决不能拆。"

在后院水井处季孙斯正洗刷着他的爱马，他把一桶水泼到马背上，抬头看着孟孙何忌，"为什么？"

孟孙何忌停顿了片刻，正颜厉色道："第一，我的封地成邑一直掌控在我孟家手里，并没有家臣反叛。第二，成邑是遏守齐鲁交界山口的城堡，乃是要塞，立高墙，是为了防御齐人，万万拆不得。第三，二位大人，现在的形势演变，究竟未来走向将会如何——你们可想过没有？"

叔孙武从井里打上一桶水，递给季孙斯。季孙斯接过水桶，泼到马的身上，"你说下去——"

孟孙何忌继续道："孔丘取回汶上三田，三田原来是你季家的采邑私地——可还给你季氏了吗？没有，都归鲁公室了。孔丘'堕三都'，从郈邑赶走了侯凡，现在邑宰是谁？孔丘的弟子子羔。费邑可回到你季氏手中了？没有，现在君上任命的费邑大夫是子路。如果再拿走我的成邑，也由君上控制，请问我们三家可还有一片土、一座城吗？二位大人，难道你们真想把鲁国拱手交给君上，交给孔丘？！"

被激怒的叔孙武把提水的桔槔一松，咬牙切齿地说："季伯，别再犹豫了，快快除掉孔丘！再等就来不及了！"桔槔一沉，水桶"咕咚"一声快速落入井中。

季孙斯沉默了片刻，"我已得到孔门下人的密报，仲由正在费邑招兵买马，一定有所图谋……可是目前君上对孔丘很是信任与器重，我看……最要紧的是，分离他们，必须，马上！"

孟孙何忌长舒了一口气，"齐国黎锄现在领重兵压在成邑附近。要不，我把齐人放过来？"

季孙斯马上摇摇头，"这不行，只怕齐人放进来容易，请出去难。但……这样也许真的可以吓到君上！再想想……再想想。"

这时，季孙肥跑了进来，季孙斯赶忙问道："齐军从边境撤退了吗？"

"没有撤。但是齐君派来了使节，还带来了礼物。"

"礼物？！什么……礼物？"

"齐宫舞女二十人，战马一百二十匹。齐人说愿与鲁国恢复盟好，所以献上美女名驹，但是必须要罢黜孔丘！"

正说着，忽见门人来报："大司寇孔丘求见！"

众人一愣！季孙斯迟疑了半晌，摆摆手，"不见！"

孔子迈过一具尸体，向前走了几步，看着停放在季氏门前的孟氏和叔孙氏的车乘，捋着胡须，暗自思忖着……公伯寮赶车从后面跟了上来，"夫子，上车吧。"孔子仿佛没听见一般，仍然低着头默默前行。他看着眼前一具又一具尸体，被人搬起后丢放在车上，孔子目光倦怠，痛苦而哀怨地闭上了双眼。

高大的成邑城头上布满了孟氏的军兵，成邑城门吊桥高悬，城门紧闭。在几个弟子的陪同下，孔子径直穿过成邑鲁军大帐，跪拜在鲁定公面前，面色凝重。

鲁定公亲征，包围成邑已有数日，但仍然久攻不下，只能望城兴叹。往年的此刻，鲁定公深居华宫，锦衣玉食，而如今，帐内蚊虫叮咬，酷热难耐，帐外马嘶狼嗥，号角哀鸣，夜夜辗转难眠，宿宿心惊肉跳，使他很快便萌生了退意。

孔子不愿功亏一篑，苦苦劝道："君上，巧言乱德，小不忍则乱大谋！三城已收回两个，万万不能撤兵啊！"

鲁定公担心地说："你知道吗？齐国黎钼领兵车千乘，驻在边境对面，随时可能冲过来。一旦与成邑里应外合，我们定将无路可退！"

"君上，'堕三都'是定好的国策！大义当前，宁杀身以成仁，不可贪身而害义啊！"

鲁定公颓然地摇摇头，"战败了，谁还会在乎你有没有仁义？世间只有成败，仁与不仁，那只是说辞而已。"

孔子无语，眼中只有失落与迷茫。

鲁定公见孔子不再言语，接着说道："寡人感觉，近日季氏的态度发生了重大转变。成邑久攻不下，季氏不但不对孟氏施加压力，反而来劝寡人退兵，孟孙何忌也躲起来不见面。再围下去，'三桓'会不会跟寡人撕破脸啊？！你不要忘记，数代以来，一直是'三桓'掌控鲁国。官员多数出其门下。你弟子虽多，却并非主流。你是知道的，昭公当年因讨伐季平子，被'三桓'赶出鲁国，流亡齐国至死。要是'三桓'和寡人翻脸，寡人的下场恐怕会比先君更惨！"

"可是，三军可夺帅也，匹夫不可夺志也。……"

鲁定公用手势打断了孔子，明显已经有些不耐烦了，"不要说了，这一年以来，寡人一直都是支持你的，没想到最后反而是你的学生孟氏背叛了你！'堕三都'，堕到他这里，却使得齐国趁虚而入，压上了三万大军，如若堕出了个天下大乱……"说到此，他停顿了一下，望着孔子，转移了话题，"治国执政，不可操之太急。有时候，你应该学学我，卖点呆，装点傻，你的夫子老聃不是说过嘛，无为方能无不为。"

孔子痛苦又无奈地低下了头，那一颗博大的心被周遭的诡秘氛围压着，他强烈地感觉到，失败正一步步地朝他袭来……

孔子木然地站起身向来路走去，脑海里猛然闪过一个画面：庭院中仿佛立着一个白发披肩的老人，犹如枯木！

孔子

十四

失魂落魄的孔子来到老子的住处。孔子三十四岁时曾与其弟子南宫敬叔前往周都洛阳，拜见老聃学礼，收获极大。

今日，再见到老子时，他已须眉皆白，正闭目坐于庭中蒲团之上，孔子轻步走入庭中，上前施礼，"夫子，弟子孔丘久违了，自洛邑一别，忽忽之间已经快二十年了！"

老子慢慢睁开双目，"是呀，听说你做了鲁之国相了？"

"只是代理而已。"孔子长叹一声。

老子坦然地说："名爵者，公器也，不可久居。"

听到这里孔子沉默了。

老子见他不语，便问道："那年给你的先王之典都读通了？"

"弟子学之不已，学而不厌！"孔子答道。

老子摇摇头说："最高的境界是绝学无忧！不要忘记，你所读的经典，只是古人的糟粕。历史是什么？只是先人留下的印迹，是脚印，而不是足步。"

孔子点点头，"是！所以我要走自己的新路，不踩着别人的脚印走，也不住进别人造的殿堂之内。"

老子若有所思地望着孔子，"你看我老了吗？"

"夫子变了很多。"

老子张开嘴用手指着，"这里有变化吗？"

"您的牙，都没有了。"

又吐出舌头，"这个呢？变了吗？"

"没有。"

"为什么呢？"

"牙齿刚硬，舌头柔软。"

"是呀！坚则毁，锐则挫。柔则存，弱则生。"老子最后对孔子说道："让人取先，自己取后，不要在意天下人的误解！我听说，有钱的人给人送行的时候是送金子，有道德有学问的人给人送行的时候是赠言。我没有钱，姑且冒充一下有道德有学问的人，就赠你这几句话吧！"

鲁国议事堂外，一排宫人端着一盆盆祭肉向堂内走去。

堂内纵情声色的鲁定公哈哈大笑着追逐一个美女，撞翻了一个送上汤菜的宫人。宫人大惊失色，自掴嘴巴。鲁定公一心想着美女，一脚踹倒宫人，循着美人去了。

人群之中，黎钼和叔孙武二人一边喝酒一边低声议论着。黎钼居心叵测地说："你看，我们齐君送来的这些名驹美人，还真让你们鲁君中意啊！"

"不错！不错！你看把我们君上给快活的，嘴都合不上了！他呀，继承君位后，一直被禁锢在宫里，作君主的规矩多，你看看，他早就憋坏了，干柴遇烈火，能不乐吗？"

黎钼靠近叔孙武低声地说："但愿这些来自齐国的美女名驹，能帮助我们君上拿到战场上拿不到的东西。君上让我转告你们'三桓'，只要驱逐孔丘，就能与我齐国永结盟好！"

"明白，明白！"叔孙武心领神会地应承着。

黎鉏坐在左边谦恭地冲着鲁定公边笑边说："这位艳压群芳的美女名字叫霓裳，我的君上把她送给你，非常舍不得呀！"

"啊，多谢齐君美意。甚好，甚好！"早已把朝政忘到九霄云外的鲁定公谢不绝口。

舞女性感地舞动摇曳，好似水蛇一般游动着，令人目眩。

坐在一旁的季孙斯故意大声地说道："岁终大祭举行完了，给贵族们分祭肉了吗？"

"分了，孟叔已经分完了。照您的吩咐，就是没有给孔家送。"叔孙武不怀好意地高声答道。

"君上这次让孟氏作大司祭，不是也主持得很好吗？对孔丘，这可是无言的贬黜啊！"说完，季孙斯仰天大笑。

鲁定公听到这，怀抱着美女停顿了一下，看了看台上的季孙斯和叔孙武二人，没有说话，又转而与美女继续调情舞乐，陶醉于其中。

回到家中，孔子站在窗前，凝立着一动不动。老子的一席话，切中了他的弱点，他深深地回味着……他也在等待，等待鲁定公能派人给他送来祭肉。

这时，女儿走过来为孔子披上一件外衣，眼中噙着泪说："父亲，公伯寮说，宫社的祭肉，所有的大臣府都有份，就是不给大司寇府送。"

孔子的心像被重锤狠狠地击碎了一般，感到一种被抛弃的愤闷，他知道鲁定公再也听不进他的话，再也不能重用他了，但在他内心深处似乎还隐隐地抱有一丝幻想。他不知如何是好，只是依然不动地站在窗前，任风吹动着花白的须发。

公伯寮又来到议事堂，在外面恭候着季孙斯。堂外良马名驹整齐站列在廊檐下。季孙斯踱着方步走出议事堂，对走上前来的公伯寮说道："你来找我，有什么事？"

"夫子说，他想谒见国君。"

季孙斯阴笑着从怀里掏出一块玉玦交到公伯寮手上，"国君现在哪还有时间见他呀？好吧！你把这个带给孔丘。不要说是我给的，要说是君上亲自让你带给他的。孔丘是个聪明人，他一见这个，就什么都会明白了。"

公伯寮答应着，将那块玉玦小心翼翼地包好，正准备走，季孙斯一把拉回公伯寮，把一小包金子塞进他的手里，压低声说道："够你买块好地的了。回家吧！明白吗？去吧！"公伯寮怔怔地一笑，收起金子，转身走了。

季孙斯忽然感到有雨点滴到身上了，便不安地看了看天空，对不远处的宫监喊道："嗨！快把这些马拉到马厩去吧！要下雨啦！"转身又走上台阶。

孔子依旧站在窗前等待着，窗外下起了小雨。

孔鲤跑了进来，"父亲，公伯寮回来了，君上让他带来了这个，您看！"

孔子激动地回过头去，眼中闪现出一丝希望，他双手接过来，颤抖着打开，愣住了，绝望而痛苦的目光弥散开来：玉玦——

孔子

女儿孔娆从未见过父亲如此的痛心与彷徨，跑上前问："父亲，君上为什么要送来这个？"

孔子一把揽过女儿的头，"玦者，诀别也——这是有人要让我走啊！"

孔娆痛苦地靠在孔子的肩头，"父亲……"

过了半晌，孔子回头问道："是君上亲手给的吗？公伯寮呢？"

孔鲤含着泪点点头，"他说是的。父亲，公伯寮把东西交给我就走了，回家了。他对我说，以后他不会再回来了，父亲！"

草屋内的光线很暗，孔子含满泪水的眼睛被窗外的一道闪电照亮！雷声里他收住满眼悲凉的泪，下定了决心！

草屋的织布机前，亓官氏仍在默默地干活，孔子望着妻子那与年龄不相称的过早衰老的容颜，心如刀绞！妻子历尽坎坷，自己却没有尽到做丈夫的责任，家庭的重负便是妻子全部的生活。三十余年，夫妻相伴，风风雨雨。天下无道，自己在外闯荡，妻子在家担惊受怕。今日之前，虽说自己身为大司寇摄行国相事，但妻子仍旧麻衣布裙，终日为生活而操劳……

孔子向前紧走几步，紧紧地握住了她正在织布的双手，看着妻子粗糙的老手，不禁潸然泪下。他久久握住妻子的手，却说不出一句离别珍重的话。

过了许久，他将一顶祭冕交到妻子的手上，嘱咐道："孩子娘……找个机会帮我把这项祭冕归还给君上吧！"

孔鲤在一旁哽咽着，"父亲，这冕是礼乐的象征，一直是您最珍重的呀！"

　　孔子拍拍儿子的肩膀，慈爱地苦笑着，"都是身外之物了。"

　　油灯昏暗，孔子想再说些什么，可话到嘴边却不知从何说起，千言万语堵在心口变成温热的泪水，瞬间模糊了双眼，他将妻子的手握得更紧了。

　　亓官氏内心明白，丈夫决定了怎样做，是绝不会改变的。渐渐地她将手从丈夫的手中抽出来，开始默默地为孔子收拾行李，眼泪悄悄地滴在丈夫的衣衫上……

　　孔鲤为门外的马车罩上了马衣。出发的行装已经准备妥当。

　　没有一句离别的话语，孔子只是无言地望着妻子、儿女，看着他们那不舍的眼神，他决绝地转过头，心一横，起身，冒雨冲了出去！

　　孔子独自一人上车，起驾。

　　妻子和儿女急忙追了出来。亓官氏望着雨中的孔子，欲言又止，泪眼婆娑。

　　孔鲤泣不成声地喊着："父亲！您等雨停了再走吧！等等您的弟子们吧！"

　　女儿哭喊着："父亲！！不可以不走吗？！"

　　孔子在雨中冲儿女们喊了一声："照顾好你们的娘！"

　　女儿扑倒在门前，孔妻用她那粗糙的双手紧紧握住了女儿的手，女儿猛地俯在母亲肩头失声痛哭起来。

　　不知走了多远，孔子再回头看时，已经全然不见家的影子，唯一的一点光亮也消失在无尽的雨夜里。他踉跄着走下车，双手狠狠地抓住了路旁粗糙的树干，慢慢顺势滑下，手掌划出了道道血痕。

他转过身，背靠着大树，无力地滑坐在树根之上，他哽咽着，任雨水打在满是泪水的脸上，雨水和泪水早已模糊不清……

狂风暴雨在黑夜的庇护下无情地呼啸着，他太累了，疲惫地闭上了双眼……

天亮了，雨过天晴，阳光下，树枝上的水珠晶莹地滴落在孔子的脸上，靠在大树下睡着了的孔子慢慢醒了过来。

他起身将大车整理好，再一次回头望向曲阜的城墙：为了这些城墙里的人，他曾煞费苦心，如今还是因为这些城墙里的人，他不得不离开自己的家乡。

孔子站在晨曦中微微地笑了，笑得苦涩，笑得勉强，笑得无助。

他牵马拉车，在山间路上孤独前行，被大雨洗刷过的小路显得异常开阔……

列国

十五

孔子在泥泞的路上踉跄地走着，突然间愣住了，只见颜回一身行装，孤身一人跪在大道中间高声喊着："夫子！"

孔子心头一热，声音有些颤抖地问："回——你怎么会在这儿？"

颜回满眼是泪，"您说过，夫子是形，弟子是影……颜回，要跟夫子一起走！"

孔子眼含热泪地望着他，低头附在颜回的耳边，"唉……老实说，我还不知道要去哪里……"

颜回拉住孔子的胳膊，"夫子！"

"回，你已有家小，又有才干，在鲁国一定能谋到好差事……可跟着我，此后却要抛妻别子，背井离乡，你会后悔的……"

颜回固执地摇摇头，"决不！"眼泪顺着脸颊流了下来。

"回，你看……前面没有富贵的生活，也没有平坦的道路，只有大野苍茫，你不怕……"孔子哽咽着说道。

颜回见孔子已然答应了自己，不禁破涕为笑，轻松地一摆头，"不怕！哪怕天涯海角，哪怕蛮荒之地！我都愿追随夫子赴汤蹈火！"

"回啊！起来。"孔子将颜回拉了起来，"那我们就一起走吧！来，帮个忙好吗？"

孔子

　　颜回起身，与孔子一起拉车。忽然车轮陷在了泥坑里，走不动了！颜回弯下身去推车轮，孔子走到前面去拉辕，"回，来，使劲！咱们一起推！嗨，嗨！"

　　车一下子被推了出来，两人都累得汗流浃背，面对面坐在旷野之中休息。

　　"告诉我，回，我究竟错在哪里了？"

　　"要弟子直说吗？"

　　"当然。"

　　"夫子错把自己的全部理想都寄托在了鲁君的身上。"

　　孔子长叹一声，"是啊！我很悲哀，我们存在的意义还不如齐国的二十名美女和一百二十匹良驹啊！"孔子想了想，又摇摇头，"可是根本问题还不在这里。"

　　"那是在哪里？"颜回望着孔子。

　　"老聃对我说'坚则毁，柔则存'，暴力只能带来毁灭，而不能改变人心啊！"

　　颜回点点头，"夫子，您曾对我说过，如果想改变外部的世界，那就首先应当改变自己的内心。"

　　孔子久久地望着颜回，"好，说得好，回！暴力只能换来暴力。征服这个世界的，不应当是剑，而应是仁爱！求仁得仁，还有什么可抱怨的呢？"

　　二人站起身来，牵马引车继续前行，他们气喘吁吁地翻过了一道山梁。

　　忽然远处传来了一群人的喊声："夫子！等等……我们来了！"

孔子和颜回回身望去，只见在高低不平的山路上，一队马车自远方颠簸着飞奔而来。四辆马车分别由冉求、子贡、子路、公西赤驾御，车上满载着厚重的典册，车下奔跑着风尘仆仆的弟子……

子贡上气不接下气地说："夫子……夫子……我们都要跟您一起走，我和冉求因为有公职在身，得交代好了才能动身启程，所以来晚了……"

"是呀，夫子，您去哪里，我们就去哪里！"冉求说道。

弟子们一起揖拜，"夫子！带上我们一起走吧！您看，我们把竹简帛书都拉来了，我们要跟着您走，一路走，一路向夫子学道，把夫子的理想和学说传遍天下。"

孔子激动地上前拉住子路，"仲由，你还有伤，好些了吗？能随我远行吗？"

子路有点生气地说："夫子！早就没事儿了！没有我，谁来给您驾车啊？再说，出远门，有我在，看谁敢对夫子无礼？！"说着，他拍了拍腰间的长剑，依旧是那样勇猛。

孔子强抑住就要夺眶而出的泪水，长久地凝视着弟子们，而后感动地向他们行礼，众弟子也安静下来向孔子行礼，一群君子跪拜在天地之间。

孔子激动的心情渐渐归于平静，欣慰地说："好吧！我们一起走。"弟子们拥抱成一团欢呼起来！

十二岁的小漆思弓背着书篓喊着、哭着，踉踉跄跄地跑在最后，"夫子……别丢下我呀！"

大伙看着他瘦小的身影一点点靠近，开心地笑了。

黄昏中，孔子与弟子们离开鲁国，踏上了周游列国的颠沛之路。

这一年是公元前497年，孔子五十五岁。

孔子

孔子师徒来到了鲁国南境一个叫作屯的小地方，天色渐渐暗了下来。

"二三子，今晚就在此夜宿吧，你们也好好梳洗一番！"孔子充满怜爱地说。

弟子们正在卸车，夜色中有一人快马加鞭地赶了过来。来者与孔子相熟，名叫师己，是一位乐师。师己来到孔子面前，恭恭敬敬地行过礼，眼含热泪，"夫子，你是没有过错的，能不能留下来啊？"

孔子望着他渗着汗水的清秀脸庞，摇摇头，"君上自从接受了齐君的馈赠，便只顾玩乐，荒废朝政，长此以往，鲁国不保啊……我何尝不想留在父母之邦？奈何玉玦已送至手中，鲁国容不得我啊！"

师己明白孔子心中的痛苦，却又不知该如何去劝慰他，只是喃喃地说："夫子，这次出走不能怪你，希望你不管走到哪里，都能时刻想着鲁国。"说完，放声痛哭起来。

孔子哽咽着对师己说："来！我们唱一首歌吧。"说着转身接过颜回递上的琴，席地而坐，拨动琴弦唱道："彼妇之口，可以出走；彼妇之谒，可以死败。盖优哉游哉，维以卒岁！"

歌声在这初夏的夜里荡漾开来，只是有多少人能够听懂这歌声背后的忧伤与愤懑呢？

第二天一早，子路准备驾车前行，却不知该向哪个方向行走。

"夫子，我们往哪里去呢？"

孔子悲从心来，是啊，离开了故土，该到什么地方去呢？齐国是不能去的，他们刚刚用馈赠女乐的计策离间了自己。到自己的祖籍宋国去？孔子心里一时也没了主意。

众人见孔子迟疑未答，都有些茫然。子路想了一下说道："夫子，向西行是卫国，我曾在卫国做过邑宰，我的妻兄颜浊聚是卫君的近臣，不如我们先到他那里落脚如何？"

"是啊！卫国国君已经在位整整三十八年了，卫国局势相对比较安定，原有的一拨出类拔萃的人才都已进入暮年，如今的卫国正处于青黄不接之时，我们到了卫国极有可能会被重用。"子贡一听子路建议西行到自己的家乡，立刻说出了心中的想法。

孔子望着子贡，"舆图。"子贡立马解开身上的包袱，取出舆图递给孔子。

孔子找了一块巨石将舆图铺开，手指卫国，"鲁卫乃兄弟之邦，不仅边界相邻，而且风俗习惯也相近，我们可以很快适应环境。"说到此，孔子沉思了片刻，打消了去宋国的念头，将手指移至卫国边境，"卫国西与晋国隔河相望，南有曹、宋、郑、陈等国，如果不能久居，这些国家都便于前往。"

颜回也说道："卫地多君子，那里有史鱼、蘧伯玉等令人崇敬的贤臣，特别是蘧大夫还曾派人专门来看望过夫子，这回，夫子可以回访这位谦逊而又有修养的长者了。"

孔子望着颜回，微笑着点点头，回想起前两年的一幕：

那时孔子已出任鲁国大司寇，蘧伯玉曾派家臣到鲁国去拜访孔子，孔子在府中热情地接待了那位家臣。

席间，孔子礼貌地询问蘧伯玉的近况，"蘧大人现在在做些什么呢？"

"蘧大人想尽力减少和避免过错，但他总为没有做到这一点而苦恼！"家臣如实禀告。

孔子

　　送走家臣，孔子对弟子们说道："卫国有福啦！蘧伯玉是大德大贤之人，又有闻过则喜、知错就改的精神，日后定当回访。"

　　孔子回过神，对众弟子说："卫国离鲁国较近，就依子路之言，先到卫国落脚吧。"

　　子贡见孔子要去卫国，格外高兴，立刻将舆图卷起，放入包袱内。

　　孔子望着远处高低起伏的群山，感叹道："就要离开鲁国了，不知何时才能再回来！智者乐水，仁者乐山！弟子们，让我们溯着这山水，再登一次泰山吧！"

　　弟子们欢呼着，"走，我们登泰山去！"

　　众人簇拥着孔子上路了，山林间唱响了他们愉快的歌声。

　　一行人来到泰山脚下，举目仰望，雄伟的泰山已在咫尺之间。再往前行，路愈走愈崎岖，人也愈行愈疲惫。

　　黑黢黢的山坳里传来一个女人凄惨的哭声。孔子年少时当过吹鼓手，常给人办丧事，从这哀伤的哭声中他料定那位妇人是在哭新亡的儿子。他仔细听了一会儿，起身下车，带领弟子们向哭声传来的方向走去。

　　山坳里，几幢破旧的茅草屋零零星星地散落开来，与周围高高低低的坟丘相互交错。一处新坟边，一位六十多岁的老妇正伏坟嚎哭。

　　孔子上前施礼，关切地询问道："听您哭得如此的悲切，肯定是遇到了十分伤心的事情，能说给我们听听吗？"

　　老妇见孔子一行人和善有礼，对自己又是好言劝慰，便慢慢止住了哭声，抽噎着说："我公公被老虎吃了，丈夫也死于虎口。前天，我儿子又被老虎所食，这坟里只埋着他的几件破旧衣服。现在只剩下我一个人，孤苦零丁，无依无靠……可怎么活啊！"说着又放声痛哭起来。

子路听了伤心地抹了一把眼泪，不解地问道："那你们为什么不搬走哇？"

"唉！因为抽丁收税的不会上这儿来呀。"老妇无可奈何地摇摇头。

孔子喟然长叹，仰头遥望夜空，出神半天，愤然而无奈地转身对弟子们说："真是苛政猛于虎也！巍峨的泰山也不是庇护所啊！"

第二天清晨，孔子登上天梯，远望着泰山之巅，云海茫茫……他感慨地说："从这里登高望远，天下并不大啊！"

突然，在过耳的山风中他仿佛听到了一声长叹般的呼唤。孔子循声望去，一只如影如幻的麒麟出现在对面的山崖上，似在与他对望，引颈嘶鸣！

孔子惊呆了，一时语塞！

正在这时，子路和颜回也气喘如牛地赶了上来。孔子兴奋地指着麒麟，"回，你看见了吗？那不是一只麒麟吗？"

子路紧张地问："啊！什么麒麟？"

颜回顺着孔子手指的方向望向对岸的山崖，可什么也没看见，"夫子，那里什么也没有，您看见什么了？"

孔子兴奋而又讷讷地说道："应该是……是一只麒麟。"

子路不信，仍警惕地四下寻看着，"什么麒麟，夫子是眼花了吧？"

瘦弱的颜回脸色发白，靠着大石喘着粗气，"麒麟？那是传说中的仁兽吧，不是早就灭绝了吗？"

孔子坐在山石上说："是啊！诸典籍记载，麒麟之出都是太平盛世了。"

孔子

颜回又问："夫子，它为什么被称作'仁兽'呢？"

孔子一直凝视着远方那神奇的麒麟，"因为它不肯践踏青草，连小虫也不会伤害。道不行于世，它隐藏起来；当大道清明，举世和平了，它又会出现。此刻，它现身在我眼前，要向我说什么呢？"

云海在空中飘荡！太阳出来了，光芒万丈。孔子眼中的麒麟隐没在霞光之中……

弟子们沐浴着金黄的阳光……

十六

从泰山下来后，子路和几个弟子先行赶去卫国，孔子等一行车队开始慢慢向卫国进发。

一日，师徒远远地望见帝丘那古老的城墙。

这是一座年代久远的古都，斑驳的城墙无声地诉说着它的历史。夏商周三代以前黄帝的孙子颛顼（zhuān　xū）当年在此建都，他在位七十八年，九十八岁驾崩，就葬在城外，这里从此以后便被称为帝丘。

孔子吩咐子路停车，他站在车上，倚着车前横木远眺，眼前是无际的平原，紧邻黄河，一片沃土……

脚下的道路越行越宽，行人车辆也越来越多，帝丘的城墙已近在眼前。

孔子在车上环顾，街上，玩风车的孩子跑来跑去，冒着烟火的小吃摊铺一个接着一个，孔子不禁赞叹道："原来卫国是如此的繁华，人口是如此的稠密！"

都门外仪仗陈列，卫国特使早已恭候在城下，望见孔子师徒的车驾，赶忙行礼。

谒者高喊："卫国特使在此——"

孔子

孔子下车，伫立一旁。

特使再次行礼。

谒者高声道："本使受国君和君夫人之托，欢迎孔夫子一行来到敝国。"

孔子心中一热。

子路和颜浊聚早早地便等候在城门之外，等孔子见过特使之后，径直将他们带往颜浊聚的宅前。

这是一所深宅大院，院子两侧松柏苍翠，青绿色的外墙透出一派古朴、自然之风。

院内，颜浊聚的妻子指挥仆人们摆好酒菜、碗筷。一个男仆快步跑进院子，"夫人，老爷和孔夫子一行已经到了。"颜妻挥手让仆人们都退下，自己轻步来到大门口迎接。

席间，大家围坐一处，子路从坛子里舀出一碗酒，闻了闻，"嗯，不错，好酒！"接着将一盆菜饭团子端上桌子，"夫子，请用。"孔子拿过饭团吃着。

不一会儿，颜浊聚又端上来一盘红烧锦鲤，"来，快尝尝，这是贱内特意为大家准备的天下闻名的黄河龙鲤，很新鲜呢！"

颜浊聚又说了一些客套话，不自觉地便提到了卫国的政事，"……太子蒯聩想继位，而南子想扶幼子继位，所以矛盾很深，针尖对麦芒啊……"

孔子边吃边听，看来鱼的味道十分鲜美，他连连点头，"嗯，味道不错！"

　　孔子师徒在颜府就此住下，每日温习所学知识，互相讨论。一天早饭后，孔子和弟子们在院落的大树下坐定，正准备开始授课，颜府侍者走来禀告："宫中接您的车驾已到门外，请夫子动身吧。"

　　孔子起身，整整衣冠，走了出去。

　　来到卫宫，孔子恭敬地进入殿内，对着卫灵公深深一揖，"小人失礼了，君上。"

　　卫灵公看了看面前闻名于诸侯的孔子，打了个哈欠，睡眼朦胧地问道："夫子沿途对我卫国的印象如何啊？"

　　"比起鲁国，卫国人口众多。"

　　卫灵公叹了口气，"是啊，人口这么多，很乱呢，不好治理啊！你看该怎么管理才会不乱呢？"

　　"要让百姓富足起来。"

　　"可现在富的人也不少，但社会并不安定啊！"

　　"那是因为风气不好，要施以教化，使人人学礼，皆成君子。"

　　卫灵公起身拍拍手，"好！夫子是大儒。就请你在敝国开堂设教吧！寡人在南郊给你辟一处学馆。夫子在鲁俸粟几何？"

　　孔子答道："俸粟六万斗！"

　　"好，寡人每年也给你六万斗粟米，够用了吧？"

　　孔子一顿，"谢君上！"

　　卫灵公摆摆手，"且慢，寡人还有一件事想要请教于你。"

　　谒者拉开墙上的幕帘，露出巨大的舆图。

　　卫灵公颤颤微微地走过去，喘息着说："寡人老了，寡人老了！夫子来到敝国，你看看，我卫国与齐、鲁、晋、吴、楚等大国不同，周边没有高山大河，四望都是开阔的大平原。而东有鲁，北有齐，西有强晋，南有吴楚，处在四面受战之地。这几个邻国，谁不想吞吃掉卫国啊？请夫子也帮寡人练练兵吧！"

孔子摇了摇头，"君上，小人乃流亡之人，何敢言兵？"

卫灵公有些不快，眼睛直勾勾地盯着眼前的舆图，"不过，寡人可是听说你颇善治兵打仗呢！"

"如果君上问小人祭祀礼乐之事，小人略知一二；军戎争战之事，则并非小人所擅长。"

卫灵公一听，很是不悦。孔子指挥军队"堕三都"之事，他早已有所耳闻，如今避而不谈军旅之事，分明是有意而为之。他又打了个哈欠，伸伸懒腰，示意旁边的侍者扶着他站了起来，"好吧，好吧，寡人绝不强求，但有一事你可得答应……"

孔子俯拜在地，"微臣是客，悉听尊命。"

"寡人的夫人南子想见见你。"

孔子一怔，抬起头来，"是，前几日，君夫人派使者来过，外臣未经君上认可，便未应允。"

"南子要向你请教周礼，请不要推辞。"卫灵公耐着性子说道。

美艳的南子一身白袭，带着侍女疾步穿越长长的通道，玉瑶佩饰发出悦耳之声。在廊榭处，碰到了气呼呼的卫灵公，南子立刻止步，难掩兴奋之情，柔声问道："君上，听说孔丘进宫来了？"

"嗯，来了。"卫灵公说着便一把搂过南子，向寝宫走去。

南子温柔地替卫灵公更衣，"这个孔丘，到底是个什么样的人啊？"

"嗨！依寡人看，不过是个落魄的夫子，满口礼乐的书呆子。"

"这个孔丘是个有本事的人，你要好好善待人家。我还想着有一天请他给我们的小公子做夫子呢！"

卫灵公拍了拍南子的脸蛋，"哈哈哈……我已经答应供他六万斗粟米！不少了吧？你有兴趣，那就见见他吧！寡人已经跟他说过了！"

说着便迫不及待地搂住南子的身子……

孔子在卫国一住就是半年，来时正值炎炎夏日，树木昌茂，转眼已近隆冬时节，草枯树凋，一年将尽。

卫灵公许诺的俸禄都按时送到，生活倒是无忧，但每天除了给弟子们讲学，演习"礼"、"乐"以外，就是给卫国人解答一些礼乐之事。渐渐的弟子们也觉得百无聊赖。子贡长叹道："我等到此时日已久，每日只是读书作文，游山咏水，倒也清闲，可是夫子壮志未酬，令人不安呀！"

孔子心里何尝不是每时每刻都在期盼着卫灵公再次召见，但却一直未成，倒是卫君夫人南子派人邀见了几次，都被孔子婉言谢绝了。

不久后，卫国发生的一场叛乱，却让孔子师徒连这种期盼的可能性都没有了。

公叔戌是卫国贤大夫公叔文子的儿子，平日里无人管束，骄横跋扈。卫灵公早想要将他铲除。不久前，恰巧公叔戌与同伙共谋除掉南子。南子觉察此事，便向卫灵公告发："公叔戌将要祸乱朝廷。"卫灵公见时机已到，稍做准备，就将这场小小的叛乱平定了，公叔戌逃离了卫国。

孔子在这场动乱事件中，一直采取静观其变的态度，又因他无功而受禄，自然让不少人心生嫉妒，于是便频频有人向卫灵公进谗言，"孔子乃当今圣者，其弟子又多具有文臣武将之才，他们曾与公叔戌有来往，恐生祸端。"

"孔子对公叔文子这位贤臣非常敬重，曾多次对弟子称赞他。来到我卫国后，公叔戍也曾多次向孔子的弟子请教有关礼仪方面的知识。莫非孔子与公叔戍……"想到此，卫灵公深感不安，但也暗自庆幸没有对孔子委以重任。当即，便招来心腹公孙余假，悄悄地对他交代了一番。

第二天，公孙余假以奉卫灵公之命招待孔子为名，进出孔子馆舍，四处窥探，暗中监视。

很快孔子便注意到公孙余假此行的险恶用心，颜回、子贡等人也发现了卫灵公的暧昧用意。子贡颇为气愤地对孔子说："卫灵公真是一个昏庸之君，不重用夫子也就罢了，居然还派人来监视，把夫子当成什么人了！"

"是呀，待我把这厮抓来问个明白！"子路迈腿就要走出房门。

"休得无礼！"孔子喝住子路，转而叹息着说道："回想我们来到卫国的这些日日夜夜，很明显卫国不是我们的栖身之地，'危邦不入，乱邦不居'，是我的一贯主张。既然卫君不信任于我，不如早些离开。"

弟子们纷纷表示同意。

孔子又心存感激地说："自从我们一行来到卫国后，得到了蘧伯玉的多方照顾，现在准备离开卫国了，理应去拜别他。"

远远的，孔子望见年长自己二十余岁的蘧伯玉穿过庭院，快步迎出，赶忙先行礼。在得知孔子师徒即将离开卫国时，蘧伯玉不免感伤起来，"夫子在卫国已居住半年有余，为何突然间想要离去呢？"

"唉！我离鲁来卫本想能推行礼治，实施仁政，先求一国得治，继而求得天下得治，但卫国如今的局面……"孔子摇摇头，没有继续说下去。

蘧伯玉何尝不了解孔子的苦衷，甚为惋惜地说："我无能，不能让君上亲贤臣，远小人。昔日，大夫史鱼多次向君上举荐我，但一直未被起用。史大夫便在临终前告诉他的儿子，他在朝不能举荐我，是他活不能正君，死无以成礼。他死后，没有治丧于正堂，而是放在正堂的窗下，君上前来吊唁，对尸体置于窗下疑惑不解，史大夫的儿子将其父的临终遗愿转告给君上。君上深受感动，起用了在下。可如今，我却不能举荐贤才，为我邦所用，是我的过错啊……"蘧伯玉老泪纵横。

孔子心中一阵酸楚，"世道无常，怎能是蘧大夫之过呢？丘本是无家可归之人，承蒙您不弃，百般照顾，已是感激不尽。"说着深深一揖，继续说道："史鱼大夫真是正直啊！国家有道，他的言行像箭一样刚直；国家无道，他的言行也像箭一样刚直。"

"是呀，史大夫'尸谏'君上，让在下能够为人臣子，为国尽力，但现在，我只能眼睁睁地看着圣贤遭小人离间，远走异乡，却无能为力，都是我的过错呀……"蘧伯玉哽咽着摆摆手，掩面而泣。

孔子久久地望着面前这位令人敬仰的长者，百感交集，拱手再拜，"蘧大夫品德高尚，光明磊落，极有抱负，自从您从政以来，卫强而邻国不敢来欺，使强晋虽觊觎而不敢用兵，实为黎民苍生之福，蘧大夫何过之有！孔丘何德何能让蘧大夫如此待之！"

二人从古谈论至今，从礼治谈到了当下时局，饮酒歌唱，一直到太阳落山，孔子及众弟子才起身告辞。

蘧伯玉送孔子一行至大门外，目送他们上车，车轮滚滚前移，慢慢消失在如血的残阳中……

"夫子——蘧府的大门永远为你敞开,欢迎你随时回来!"远远的,孔子耳际传来蘧伯玉那苍老而有力的声音。

第二天,五更时分,孔子及其诸弟子便离开了卫都帝丘,取道向南进发了。这次南行多了一位弟子公良孺。公良孺是陈国的贵族青年,久慕孔子的圣名与道德学问,在得知孔子居卫的消息后,便以私车五乘跟随孔子而行,一行人增加了五辆马车,情景与往常迥然不同,显得气派很多。

十七

在南去的大道上，车轮滚滚，尘土飞扬，渡过濮水，已远远地看见前面有一座不高的土城。为孔子赶车的颜刻兴奋地跳下车，"夫子，匡地到了。"匡是周天子分封的一个很小的诸侯国。几年前，颜刻曾随鲁国季氏家臣阳虎到过匡。

车到了城下，颜刻勒住马车，纵身跳下，用马鞭指着土城的一处豁口，大声说道："看，以前我驾车就是从这个豁口经过，不想今日又随夫子重来匡城。"弟子们都好奇地跑去城墙的缺口处，孔子也从车上走下来。

突然，一个匡人指着孔子惊呼："你们快看啊，那个大个子不就是当年带兵攻打咱们的阳虎嘛！"

几年前，阳虎叛乱兵败，从齐国逃到晋国时，曾在匡城一带杀人放火，洗劫财物。很多匡人都亲眼目睹过阳虎那高过九尺的魁梧身躯，方方正正的国字脸，高高凸起的颧骨以及突而硕大的眼珠。

今天匡人听颜刻这样一说，又见下车的孔子与阳虎长相酷似，便以为当年的阳虎又回来了，多年郁积在匡人心中的仇恨，顷刻之间爆发出来，四面都是愤怒的叫喊声："抓住他，千万别让他跑了！"

弟子们不明就里，纷纷跑向车队。郊外人头攒动，到处都是冲向车队的人群，很多弟子都被人群冲散了。子路见状急忙将孔子扶上车，驾起马车向城中奔驶而去，子贡、冉求、颜刻等弟子驾车紧跟其后。

在一处店铺前，马车被城里、城外的匡人团团围住。孔子一行只好躲进店铺。店铺外面，匡人各个怒容满面，恨不得用愤怒的目光杀死眼前的仇人。子路拔出剑，横在身前。

里外就这样僵持着，一直到日落西山。人却是越围越多，匡人点起灯笼、火把，将整个天空照得亮如白昼。这一群人虽然愤怒，但一想到阳虎的凶残也不敢贸然上前，只是围而不攻，狠狠地叫骂着："交出十恶不赦的阳虎，交出十恶不赦的阳虎！"

第三天拂晓，一拨一拨吃过早饭的民众，又围了过来，仍然不肯放行。孔子刚走出店铺，几颗腐烂了的青菜就纷纷扔了过来，众人一阵骚动，"快！快！阳虎出来了，别让他溜了！千万别让他溜了！一定要把他碎尸万段！"

子路见状，大吃一惊，急忙抽出宝剑护住孔子，退回店铺。

直到这时，孔子师徒才恍然大悟，原来是匡人错把孔子当成了阳虎。

冉求很奇怪地问子贡："夫子与阳虎，一个是天上的凤凰，一个是地上的土鸡，匡人怎么就错将夫子当成阳虎了呢？"

孔子苦笑着摇了摇头，子贡叹了一口气说道："夫子与阳虎皆为鲁国的'长人'，平时我们都未曾细细观察。如今经匡人喊出，夫子与阳虎还真……"

不等子贡把话说完，子路的牛脾气就上来了，将剑一横喝道："一派胡言！阳虎一个犯上作乱之徒，怎能与夫子相提并论！匡人无知，我们作为夫子的弟子怎么能够信口雌黄？！"

孔子见子路如此动气，宽厚地拍了拍子路的肩膀，一脸笑意地说道："端木赐的那句话倒是提醒了为师，阳虎与为师的确有一些相似之处。由啊，仅仅是相貌相似又有何妨！"孔子一边说着，一边将着长须，哈哈大笑起来，"时光不可任其流逝，我们还是照常上课吧！"说完就让颜刻去将马车上的书简搬入店铺。

颜刻一出店铺，立刻有人指着他大声喊道："捉住他，他就是阳虎的同伙！"颜刻吓了一跳，心中好不纳闷，我怎么也成了阳虎的同伙呢？他爬上马车，挥着手喊道："乡亲们，我们是鲁国的孔夫子和他的弟子，不是你们口中的阳虎，还请诸位放行！"

"胡说，休要狡辩！明明就是阳虎，你是否随同阳虎来攻打过匡城？"

颜刻愕然，解释道："我如今是孔夫子的学生，早已和阳虎如同水火。"众人摇头大喊，根本就不相信他的话，颜刻垂头丧气地跳下车来，一拳砸在车上，"可恶的阳虎，这回可害惨夫子了。"随即，垂头丧气地抱着一捆书简躲进了店铺。

第四天，匡人将包围圈压得越来越小，许多匡人高喊着："把阳虎交出来，不然就饿死你们！"

孔子坚持讲学。子路见孔子已经疲惫不堪，嘴唇干裂，渗出点点血迹，讲学时声音嘶哑，断断续续，便开始寻找时机，想要冲出重围！

"由啊，我与匡人，前无冤仇，后无隙恨，此次被围攻完全是误会。如果格斗厮杀，一定会涂炭生灵啊！以怨报怨怨更深，冤冤相报何时了啊！你要明白暴力只能消灭肉体，而精神上的仇恨，只会带来无穷无尽的复仇，正是你杀我我杀你，才杀乱了整个时代，害苦了黎

孔子

民百姓啊！我们要以仁德待人，终会有好结果的。"孔子明白子路的心思，喘息着说。

众弟子在屋里擦拭着武器，正欲按子路吩咐行事。

孔子接着说道："我给大家讲个故事吧……"

子路懊恼地看着孔子，此时他哪还有心思听什么故事，被困整整四天了，既无粮食，又无水，如此下去，岂不是真像匡人所说，被活活饿死在这破旧的店铺中！想到此一向豪气冲天的子路也不免忧戚。

"夫子，我们不能白白地等死啊！"

孔子从容镇静地说："如今文王虽已逝去，但周礼还是被我们继承了。若天要灭礼乐，就不会让我们承继它，还让我们维护它、传承它。老天如果不灭天下礼乐，匡人又能把我们如何！"听了孔子的一席话，弟子们也慢慢安静了下来。只是腹中空空如也，都无精打采地低垂着头。

天色渐渐暗淡下去，孔子想着颜回不知去向，是生是死尚未得知，不由得悲从心生……

本来，颜回跟着众人离开卫都帝丘，一起赴陈，但在临近匡城时，遇到了亲戚。当时，他跟孔子约好，在匡城中汇合。可如今已经四天过去了，还是音信全无。孔子不免担心起来，颜回身体瘦弱，又没有什么抵御能力，可千万别被匡人误认为是阳虎的手下而加以杀害……

黑暗中，众弟子看到月光下孔子的两行清泪闪着凄冷的光，都忍不住连连叹息。

第五天，孔子说道："让我们高歌一曲吧。"弟子们疑惑地抬起头，呆呆地望着孔子。

子路"唉"了一声，将头垂得更低了。其他人见子路这个样子，也都双手抱膝，把头扭向一边，唉声叹气。有的甚至干脆躺在了草席之上，一动不动。

子贡有气无力地开口说道："夫子，咱们此刻最重要的就是保存体力，还唱什么歌啊！"

孔子怜爱地望着弟子们，笑着说道："为何都耍起小孩子脾气来了啊？由呀，你的声音最洪亮，就由你带头唱吧！"

子路站起身，抽出宝剑，将剑鞘扔至脚下，直盯着孔子，哽咽地说："夫子，恕由无礼，此刻的高歌还是您带领着师弟们一起唱吧，弟子要用这手中的宝剑与这一群山野蛮民对话！"说完，子路将宝剑高高举起，作了一个砍杀的动作。

"由呀，你什么时候才能摆脱掉这一身的武夫之气啊？"孔子有些不悦地说道："孔门弟子中你年纪最长，身为兄长，应当以身作则，遇事不惊不惧，方能解脱。只知动武，用蛮力解决问题，为师素不喜欢。"

"乐器全都放在后边的车上，没有乐器怎能放歌？"子路哭丧着脸说。

"武器不仅仅可以用来格杀，也可有他用，这要看用它之人的心声。"孔子转身取过子路手中的宝剑，盘腿席地而坐，将剑架于拱起的两膝之间，正要弹奏，忽又止住，说道："谁能回答，歌自何出？"

子贡抬起头应声说道："歌自心出。"

孔子见他停住，问道："还有吗？"

子贡张着嘴支支吾吾地不知该如何回答。

"仲由你也说说看。"孔子点名让子路回答。

　　"唱歌就唱歌呗，高兴唱就唱……"子路吞吞吐吐地也没说出个所以然。

　　孔子抬头慈爱地看着子路，又无奈地摇了摇头。

　　其他人面面相觑，看看子路，又一齐将目光投向孔子。孔子说道："赐只知其一，不知其二。为师之歌不仅可以感人，也可以使匡人知晓我等并非阳虎那帮残暴之徒也。来，为师弹剑，二三子唱歌！"

　　子贡强打起精神问道："夫子欲唱哪首？"

　　"今天不唱《诗》，为师要以心中之感而作歌。"孔子说着，先铮铮地弹奏起来。宝剑弹奏出的声音少了些许乐器的柔美，却多了几分铁骨的铿锵，匡人闻听，惊奇不已。随后又飘出一阵沙哑的歌声，孔子一边弹剑一边歌唱。在他的歌词里，全是对暴力的攻击和对弱者的同情。

　　孔子唱完一遍，众弟子拍手合唱，歌声飘向远方，匡人的嘈杂声渐渐平息，他们开始怀疑自己是不是真的错把孔子当成阳虎了，慢慢的，一些人放下了手中的武器回家了。但那些亲人惨死在阳虎手下的人仍然紧握手中的武器久久不肯离去。

　　孔子和弟子们又将这首歌连唱了五遍，此时的他们已经浑身无力，嗓子只能发出呜呜的声音。最后，那些手握武器的人们已经由衷地认识到眼前这个人并不是他们的仇人阳虎，而是闻名于诸侯的孔子，赶忙上前施礼赔罪。

　　一场误会消除了。

　　子贡在匡城找了一家客栈，安顿大家吃饭、休息。那些被冲散了的弟子们也都陆陆续续地找到了孔子的住处，却唯独不见颜回。正在孔子急得不知如何是好的时候，远方传来了颜回的声音："夫子——"

原来颜回被亲戚多留了几日，他怕孔子担心，心急火燎地赶到匡城，刚到就听说匡人已将阳虎等人围在店铺，要杀阳虎，他知道阳虎人在晋国，听匡人一描述，猜到被围的一定是孔子和师兄弟们。他就一直守在店铺附近，等人群渐渐散去后，赶忙进店铺寻找，却不见孔子一行人。于是，一路打听着，好不容易才找到孔子的住处。

孔子看到满脸尘土的颜回，两眼噙着泪说："回呀，我们到处找你也找不到，以为你已经被匡人杀死了，再也见不到你了！"

颜回喘着粗气，仍旧是那样彬彬有礼，"夫子健在，大事未成，回怎么敢死呢！"颜回很认真的一句话，却逗得众人哈哈大笑。

第二天一早，孔子一行就匆匆上路了。

当他们行至蒲邑城外时，一队兵卒把孔子一行拦堵住，领头的兵卒便快步跑进城禀告。

蒲邑位于匡邑东北，两地相距不远，原是卫国贤臣公叔文子的封邑。文子死后，其子公叔戍继承官职和封邑。公叔戍被卫灵公镇压后，便逃来蒲地，盘踞在此谋划反叛。

公叔戍在得知孔子一行已经来到蒲邑后，立刻穿戴整齐，出城相迎，"夫子，好久不见，别来无恙呀？"

孔子礼貌地还礼，并不多言。

公叔戍对孔子师徒却是十分敬佩，很想让他们加入自己的队伍，但他又担心孔子此番来蒲邑是帮助卫灵公来刺探军情，或做卫灵公的说客，劝他放弃反叛之念，于是决定先试他一试，便直接对孔子说："如今卫君无道，我正准备集结兵马杀向帝丘，了却我蒲地人的心愿，不知夫子可愿同行？"

孔子

孔子冷冷地看了他一眼，"公叔先生，卫君即使有千差万错，但也为卫国百姓做过很多好事，你怎能在此聚众反叛？"

公叔戍一听，心中暗想，他们一行果然是替卫灵公做说客的，我已向他交了实底，既不能为我所用，干脆将他们消灭于城下，或驱逐出卫境。想到此，公叔戍一声令下，将孔子一行团团围住。

孔门弟子中除了子路、冉求两个武将外，又多了一个公良孺。公良孺看到这番情景，愤愤不平地说道："我们刚刚摆脱匡人的围堵，而今又在这里遇上危难，这不是命又是什么呢？与其让夫子一而再、再而三的遭难，还不如跟他们拼个你死我活！"说罢，一个箭步冲到阵前，与蒲邑兵士激烈地搏斗在一处。

子路这时早已二目圆睁，须发乍起，怒吼一声，挥舞着长剑，冲将上去，两剑就将围在孔子身旁的两个士兵放倒在地。

冉求等会武功的弟子们也纷纷投入激战，其余人则在一旁死死地守护着孔子。

蒲邑兵勇被杀得人仰马翻，抱头鼠窜。公叔戍见状有些畏惧了，深感不放他们走会有更大的麻烦，赶忙下城施礼请罪，将孔子师徒迎入城中，设盛宴款待。

席间公叔戍对孔子说："只要夫子答应不再回卫国帝丘，我们就立刻放行。"

孔子点了点头，"公叔先生，我本就打算率弟子们到陈国去，只是取道路过贵地而矣。"

"好，那就请夫子与我立下盟誓。"

孔子痛快地答应了这个条件，双方即刻举行了盟誓。

出了蒲邑，子路驾车，"夫子，还要继续南行吗？"

经过一番风波，孔子和弟子们明显精神疲惫，陈国远在南边，孔子不想再长途跋涉，又想起自己因为与卫灵公之间存在一些误会，不辞而别实不应该，便对弟子们说："算了，不南进了，还是回车北上去卫国吧！"

弟子们一听有些惊异，彼此相互看看，许久没有一个人说话，最后子贡终于忍不住问道："夫子，您一向教育弟子们说人无信不立，我们刚刚和公孙戍在蒲邑订立盟约，不再回到卫国，为什么这么快就要背信弃义呢？"

颜回闻言，反驳道："子贡此言差矣，公叔戍私藏兵器、犯上作乱，是为不仁，迫使夫子签订盟约，是为不义。如今我们不遵守这不仁不义之盟，何过之有？"

"颜回所言极是！"孔子赞赏道："这种盟约是在被逼迫的情形下订立的，不能与君子之交同日而语，我们理所当然可以不必遵守，即使神灵知道了，也是不会责怪你我的。但我如果不把蒲邑骚乱之事告诉卫君，让他尽快发兵征讨这些反叛势力，又怎能达到恢复周礼的目的呢？"

于是，子路调转车头往回走，马车慢慢地在大道上行驶着，孔子和弟子们也是各怀心事……

十八

帝丘渐渐地出现在众人视线之内，远远望去，卫灵公率领着文武群臣站立在城外。

孔子万万没想到卫灵公会在城外亲迎自己，这是迎接诸侯才用的隆重礼节。孔子立刻下车，正衣冠，掸尘土，拜伏在地，"孔丘何德何能，劳君上郊迎！"

卫灵公急忙走上前，双手扶起孔子，"寡人后悔当初不该轻信谗言，派人监视夫子，乃寡人之过也！"说完回过头吩咐侍者，"快快设盛宴，为夫子一行接风洗尘。"

宴会上，卫灵公盛情款待孔子。弟子们兴高采烈地饮酒、唱诗，只有蘧伯玉默不作声，他深知孔子的礼治宏图在卫国这里是多么的不合时宜。

酒宴完毕，蘧伯玉盛情邀请孔子。孔子一行来到蘧府，就此住下。

第二天刚用过早饭，孔子立即登车进宫，拜见卫君。卫灵公笑容满面，首先开口说道："夫子去而复返，乃寡人和卫国百姓之幸也！"

孔子不假思索地回答道："此次返卫正是为一件国家大事而来。"

"有何国家大事？"卫灵公闻听此言，急忙侧耳倾听。

"微臣与弟子们离开帝丘，本想适陈，不料想尚未出卫国，就遭人欺凌，先在匡地被当成阳虎，围困了五日，后来到蒲地，又遇上公叔戌准备举兵反卫，后假定盟约，才放我等一行离开蒲邑。"

"哦？！竟有此等事情发生，那以夫子之见，寡人该不该讨伐蒲邑的公叔戌呢？"

孔子坚定地说："当然应该，公叔戌乃卫之大患，必须讨伐。"

"但寡人的大臣们恐怕都不会赞成。再说这个地方靠近晋楚，远离帝丘，恰好是抵御晋楚的一道屏障，现在去讨伐有把握吗？"

"蒲邑的百姓，男的都效忠卫国，有拼死的决心；妇女们也有保卫这块西河之地的愿望，他们都不愿意再受公孙戌的压迫，我们所要讨伐的，其实只是四五个领头叛乱的人罢了，伐之必胜！"

"好啊！夫子所言甚是。"卫灵公点头称是，但并没有继续这个话题，更没有做出任何决策，而是又想起了他的夫人南子要见孔子一事。

"寡人的夫人南子说，来自四面八方的名人志士，凡是愿与卫国和睦相处，永结盟好的，她都要见一见，尤其像夫子这样的圣贤之人。怎么样，请不要再推辞了吧！"孔子没有应承便回蘧府了。

晚上，在院子里的大树下，子路一边打井水给孔子洗漱，一边对孔子说道："不如不见……夫子可知道，这位君夫人的名声不佳，这女人虽然美艳无比，可却是个妖姬，在卫国声名狼藉呀！"

颜涿聚立刻接着说道："是呀，夫子，您不了解这个女人过去的故事吧？"

孔子点点头，"不妨说说。"

颜涿聚绘声绘色地描述着，"南子是宋国公室之女。她在宋国，与宋公子相好，出了丑闻。于是宋君把她嫁给老而好色的卫君，卫君爱她爱得要命，不仅国事都听她的，而且同意她仍然可以与旧情人相会。为了她们幽会方便，竟然在宋卫边境造了一座别宫，您说这事离谱不离谱？"

孔子洗了一把脸，一边换上布衣，一边严肃地说道："别管这些闲话！大家都说她坏，必须要亲自考察。大家都说她好，也必须要亲自考察。你知道你们卫国是谁在当家吗？"

"当然是我们君上了。"

孔子拿起弓箭，边调试边说："我看不是。你看不出来吗？卫国内政很乱，政出多门。卫君一个令，太子一个令，各位卿相又一个令，但眼前在卫国真正当家的还是这位君夫人南子。"

子路、颜涿聚怔怔地站在水井旁。

南子宫苑的露天温泉旁摆放着一只沐浴木桶，木桶里盛满了热气腾腾的温泉水，上面漂浮着各色的野菊花和玫瑰花花瓣。

侍女侍候君夫人解开裙裳上的衣带，她那洁白如玉、滑如凝脂的身体裸露了出来，侍女搀扶着她慢慢进入木桶中，另一个侍女用精巧的玉盆将水轻轻地浇在南子身上，温泉水汽随之升腾起来，她精致的五官在氤氲的水雾中若隐若现，似神似仙。

南子用她那曼妙的纤纤素手托起浮在水面上的红黄交错的花瓣，在不经意的举手投足之间，一种情韵袅袅地从指间飘散开去。伴随着花的香气，南子闭目仰头，长出了一口气，似乎要把烦恼忘却。她静静地放任思绪飘向四方……

蓦然间，她想起就要见面的孔子，这个人究竟是怎样的？有人说他是人世间少见的真君子，还有人说他生相丑陋、清心寡欲、不食人间烟火，君上却说他只是一介落魄儒生。"孔丘，你到底是怎样的一个人呢？我多次约见，你都借故推脱，难道你真是天上的神灵，而不是地上的凡人……"她紧闭双目，脑海里浮现出各种与孔子相见的情景，不禁诡秘地笑了……

孔子来到卫宫甬道，深深地吸了一口气，扫视了一下四周。映入眼帘的是红色的宫墙，道路两边是名花异草，繁花似锦。孔子整整朝服，跟随侍女穿过绿影婆娑的回廊，走至一处华丽的宫室，小心地迈上台阶，跟随常侍跨入室内。

宫室内的婢女逐一点燃华丽的宫灯，一道垂下的白色帷帐，白如细雪，薄如蝉翼。室内有八盏宫灯，晶莹剔透，鲜艳夺目，那深邃的灯光将富丽堂皇的宫室映照得熠熠生辉。距离帷帐不远处铺着一席花毯，上面的鸟兽图案栩栩如生，这是为客人准备的坐席。坐席的案几上摆放着一盘红枣、一盘果品、一炉薰香，青烟从那淡紫色的雕花香炉中袅袅升起。

常侍带领孔子走至宫室殿内，"请夫子先就坐，稍等片刻，君夫人马上就来。"常侍示意其他侍女一并退下。

孔子轻声应答："是。"他撩衣入席，面北跪坐在花毯之上，凝神闭目，静静地等候着。静谧的殿中有一股沁人心脾的幽香暗暗浮动着，一旁的水滴子规律地发出水珠滴落的声音，一阵环佩丁当的清脆声响由远及近……忽而声音停止了。

孔子的目光微动，仔细倾听：是南子在换鞋，她将木屐脱掉，露出了一对纤脚。

常侍正声道："君夫人驾到。"

孔子睁开眼，俯首行跪拜之礼，"微臣孔丘拜见君夫人。"

南子轻盈地走到珠帘帷幕之后，看着殿中独坐的孔子，"你就是人人称颂的孔夫子孔丘吗？"

孔子跪在原地垂首作礼，没有回答，也没有抬头看南子。

南子转过头对常侍说："都退下吧。"这一刻，宫室里静悄悄的，静得连人的呼吸声都能听到。

南子慢走两步，随着她身子的走动，环佩就发出丁冬的清脆声响，轻轻地，席地而坐，对着孔子微微一笑，"孔丘夫子，请起来坐吧。"

孔子跪坐起来，抬起头，"谢君夫人。"他透过珠帘帷帐，第一次见到了面前若隐若现的南子，身穿一袭浅色半透裙裳，满头黑发垂在胸前，是一个充满青春活力的女子。

南子也看到面前的孔子，尽管跪拜在地上，但仍能显出他的身材颇为高大伟岸。她很惊讶，这个男人明明看到了自己，但眼神里丝毫没有惊诧，没有羡慕，没有喜爱或任何的其他表情，仿佛不曾意识到面前坐着的是一位美貌绝伦的女人。她不得不承认这是一个意志超常的男人，他有七情六欲，但绝不会随意抛露。南子不肯就此罢休，她不相信世上会有不爱美色的男人。

孔子俯身再次行礼。

南子用手轻轻掀开珠帘，下台阶走向孔子，"孔丘你很傲啊！为何几次请你入宫，你都屡屡拒绝？"

孔子身子向前低倾，"君夫人，小人不敢！"

南子挑高声调询问道："夫子难道不喜欢看容貌姣好的女人吗？听说你常讲'仁者爱人'，是吧？"

孔子点点头。

南子笑了笑，挑逗地继续问："那你的那个'仁'字里，包不包括像我这样名声不好的女人呢？"

孔子望着香炉里冒出的徐徐青烟，心无旁骛地说："君夫人，君子以文会友，以友辅仁。"

"你起来坐着吧！听说你正在敝国讲授《诗》，《诗》是一部好书吗？"

"学《诗》好啊！读《诗》，可以激发志趣，可以观察事物，可以使人友善，可以宣泄感情。近之可以献呈父母，远之可以献呈君王，还可以使人认识很多鸟兽草木的名称。"

"是嘛！小童也很爱读诗。但是《诗》中有一句话：'窈窕淑女，君子好逑。'——请问夫子这是什么意思？"

孔子看着眼前美貌的南子，从容地说："这诗的意思就是：君子好美，但是求之以礼。"

"《诗》三百篇中，有好多篇是关乎男女情爱的啊！"南子轻轻地摇动着手中的孔雀羽扇，笑盈盈地望着孔子。

孔子正言道："《诗》三百篇，可以用一句话概括它，就是情思深深，但都没有邪念。"

南子见孔子还是那样从容，依然用挑逗的语气问："我自幼喜欢诵读诗篇，想请夫子教我读《诗》，不知可否拜你为师呢？"

"我在贵国收了一位新学生，姓卜，名商，字子夏。此学生虽然年少，却是个神童，他跟我学《诗》，大有心得，微臣可以推荐他来陪伴君夫人读《诗》。"

计时器一滴一滴的水滴声萦绕在宫室上空，听得清清楚楚。

孔子

南子稍稍收回了身子，转移了话题，"我朝中大臣，议论你在游说君王以礼让治国，你那一套能行得通吗？"

"能以礼让治国，是国家社稷人民之福，有什么难处不能克服呢？礼法丧失国家就会混乱。正所谓，其身正，不令而行，其身不正，虽令不从。"

南子放声笑了起来，"可是，天下又有几个像夫子这样的人呢？你的那套忠孝礼义信，又有几人能做到呢？男人的本性，就是贪财好色，为此而争得头破血流。这也是天性，想要克服，难啊！"

"正因为难，才能考验出真君子。"孔子面不改色，目光坚定。

"夫子啊，你真的把做一个品德高尚的君子，看得那么重要吗？"

"朝闻道，夕死可矣！"

南子如水的明眸中闪过一丝惊异，思索片刻，"夫子……你留在敝国……我们，我们还可以再见面吗？"计时器的水滴声越发清晰了。

孔子低头，"微臣不便。"

南子笑了，"不便什么？有什么不便？"

孔子沉默。

南子面露无奈之色，轻缓地起身，"世人也许很容易了解夫子的痛苦，但未必能体会夫子在痛苦中所领悟到的境界！"

孔子的心仿佛猛然间被撞击一般，被意外地感动了，他抬起头正视着南子。

南子后退几步，放下手中的孔雀羽扇，向孔子深施稽首大礼，拜伏在地。孔子赶忙也拜伏在地，同礼回之于南子。

殿中长久的静谧，却似有浩然之气回荡其中……

　　许久，孔子快步走出宫来，神情肃穆地擦了擦额头渗出的汗水。

　　宫外的一群弟子们在焦急地等待着孔子，他们原以为孔子进宫，不过是应酬一下罢了，没想到半天都不见出来，大家都有些急不可待了，尤其是子路，一见孔子步出宫门，便气哼哼地迎上前去，用有些质问的语气问道："夫子怎么在这个女人的宫里呆了那么长的时间哪？"

　　"君夫人发问，我只能依礼数敬答啊。"言语间，孔子依然想着和南子对话的情景。

　　颜回小心地搀扶着孔子登上马车，子路扬鞭赶车，马车奔跑起来，又是一记响鞭，马车飞奔而去。子路见孔子依旧一副若有所思的表情，有些挑衅地高声问道："夫子，听说南子很美！和她交谈一定很有味道吧？！"

　　孔子收回了思绪，严肃地大声说道："什么意思，仲由！假如我有任何失礼之举，我愿接受天的惩罚！我愿接受天的惩罚！"

　　子路没想到夫子还对天发誓如此认真，赶紧闭上嘴，专心赶车。

　　转眼又到了辞旧迎新的日子，孔子正在兴致勃勃地给学生们讲《乐》，卫灵公使臣来到孔子住处。使臣深施一礼，"君上派小臣前来，特意邀请夫子在除夕之夜参加一年一度的花车游行，与民同乐，不知夫子是否应允？"

　　孔子闻此言，马上还礼道："君侯相邀，理应前往！"

　　除夕之夜，帝丘南市灯火通明，鼓乐齐响，百姓载歌载舞。卫灵公朝服衣冠，南子盛装，并肩坐在一辆花车上，从大殿门洞驶出；孔子峨冠博带，依旧是正襟危坐，也乘一辆车紧随其后。卫灵公与南子二人时而卿卿我我，时而打闹嬉戏，毫不顾及旁人的注视；孔子一直低垂着头，任由旁人的指指点点。车队缓缓驶入南市，等待已久的人们欢呼雀跃，竞相追逐南子乘坐的花车，卫灵公满脸兴奋，而孔子却被羞臊得满脸通红。

回到蘧府，蘧伯玉迎了上来，看到他那张悲愤的脸，已经印证了孔子返卫时他的忧虑，他不知该说些什么来抚慰孔子那颗受伤的心，只得关切地说了一句："夫子辛苦了！与君上同游是一件很幸运的事……"

孔子愤然道："我从没见过像卫君这样只爱美色而不爱道德的人！"停了一会儿，又喃喃说道："我还没见过像喜欢美貌女子一样喜欢美德的人啊！"

蘧伯玉听了孔子的话，感到撕心裂肺一般的难受，摇摇头没有再说一句话。

卫灵公渐渐疏远了孔子，对他越来越冷淡，召见次数也日渐稀少。

有一次卫灵公懒洋洋地跟孔子谈话，忽然，一群大雁鸣叫着从天空中飞过，卫灵公竟然对孔子的问话不理不睬，仰望着空中的大雁入神，直到大雁消失在天际，仿佛眼前的孔子根本不存在一样。

孔子看着老态龙钟的卫灵公，悲从中来。他终于明白，之前卫灵公对他礼数周全的表现，只是在演戏而已，他对自己所做的这一切，不过是为了博得一个礼贤下士的好名声。

他深知卫灵公是不想振作了，而且也并不打算重用自己。"到了该离开的时候了，礼仪久废的城邦，已恋无可恋……"孔子在心中默念着。

听说孔子已经启程将要离开卫国，南子想亲自送一送这位夫子。华车辚辚，南子的专舆缓缓地在山路上行驶，专舆后一队武装骑卫照例随行。车乘上，美丽的南子，神态粲然，似乎又沉湎、追忆于与孔子的谈话之中。

忽然，车乘的沿途出现了可疑的人迹，乱石丛中，一双双阴冷的眼睛紧紧追随着前行的专舆。浑然不知的南子，风姿绰约地闭目静坐在专舆上，沉浸在自己的世界之中。

刹那间，前方传来了轰隆之声，对面两匹奔驰着的烈马拖着一辆重装战车，狂奔着迎头撞来。南子惊骇地睁开双眼，呆住了！

卫士大喊："有刺客！"

车夫猛勒缰绳，驾马四蹄腾空向天长鸣。一切都晚了，战车自杀般地冲上来，一蒙面人身穿铠甲，手持弓箭直射南子的车驾，南子中箭……

两辆车砰然相撞，四分五裂。一声巨响后，玉石俱焚的两辆乘车，飞向了天空，仿佛梦幻一般，瞬间解体，只见满目腾空的乘车零件四散纷落，噼哩啪啦的落地之声此起彼落——终于，一切又归于平静。

车体的残骸下血迹斑斑，南子试图挣脱爬起，但终于溘然倒下，恍惚间，眼前一片光亮，闪过孔子的身影，一缕鲜血从秀发处殷红殷红地蜿蜒流淌而出……

远山上红日缓缓坠下，随着夜幕的降临，四周陷入了死一般的寂静……

眼前这惊心动魄的一幕都是蒯聩精心预谋而成，卫灵公并未捉到"逆子"，蒯聩先是逃到了宋国，后又奔到了晋国，投靠了赵简子，与阳虎结为手足之好，为卫国埋下了一颗内乱的种子。

孔子

十九

旷野上，孔子一行车乘缓慢前行。子路妻兄颜浊聚气喘吁吁地前来随车乘送行，"听说太子蒯聩派人刺杀了君夫人南子，卫君已下令，要彻底清除太子余党。"

孔子惊诧道："事变怎么会发生得这么快啊？"

"蒯聩已经快四十岁了，都作了二十几年的太子了。他看不惯南子，忍受不了那种乱伦之事，更忍受不了南子一直把持朝政，踩在自己头上作威作福，早就想把她除掉了！"

孔子摇摇头，"其实，南子未必像大家说得那么坏。"车乘上的孔子，两眼迷离追思。南子的话语又回响在耳际：

"夫子难道不喜欢看容貌姣好的女人吗？"

"你的那个'仁'字里，包不包括像我这样名声不好的女人呢？"

"世人也许很容易了解夫子的痛苦，但未必能体会夫子在痛苦中所领悟到的境界……"

孔子闭上了眼睛，深沉地思索着。车队的前方，是漫无尽头的未知，正在一点点地延伸开来……

这一年是公元前493年，孔子五十九岁。

一行人开始向西行进，准备前往晋国。

晋国此时当权的是赵简子，赵家在晋国的地位有如季氏在鲁国的地位。孔子希望赵简子能比鲁国的季孙斯胸怀宽广些，以实现自己的"仁政"的政治理想。

一路晓行夜宿，马车在崎岖和泥泞的道路上颠簸前行了许久，终于来到黄河岸边。

辽阔的平原上，一条宽大的河流奔腾而来，不甚透明的水纹盘旋交织，上下翻滚，气势雄壮。师徒们纷纷惊叹不已。

孔子跳下车，伫立于堤坝之上，遥望黄河，凝神遐思。

弟子们则忙着寻找船家渡河。

一只大木船漂摇着靠岸了，船上走下来一群男女，他们扶老携幼，拖儿带女，老人不停地叹气，婴儿大声啼哭，青年则忧心忡忡……一看就是从晋国逃难的人。

孔子望着这些颠沛流离的晋国各色难民，触景伤情，想想自己师徒，几年来何尝不是流离失所，无家可归呢？在这样的情景下贸然去投奔赵简子，会有怎样的结果呢？一丝不安涌上心头，想到这，孔子打发子贡前去询问情况。

不一会儿，子贡跑过来说："夫子，难民说赵简子杀了两个主张礼治的贤人——窦鸣犊和舜华，眼下正在大开杀戒，晋国百姓纷纷逃了出来……"

一听说窦鸣犊和舜华被杀，孔子眼前一阵眩晕，险些摔倒，子贡快步上前搀扶。

孔子面对着滔滔河水，泪眼滂沱，叹了口气说："这浩浩荡荡的黄河是多么壮美，可是我不想过去了，这也许就是命吧。"

孔子

子贡问道："夫子，您为什么要这么说呢？既然已经到了黄河岸边，不如就过去看看吧？"

孔子喟然长叹："你们有所不知，窦鸣犊和舜华是晋国的两位贤人，赵简子在不得志的时候，依靠这两位贤大夫为他出谋划策，才得以从政，视他们二人为左膀右臂。现在飞黄腾达了，掌握了政权，反而把他俩给杀害了！"

子路高声骂道："真是只能共患难而不能同享乐的小人啊！赵简子就是个丧尽天良的无耻之徒！"

"唉，是呀！我听说，一个地方的人，如果残忍到剖开动物的肚子来杀死幼崽，麒麟就不会再出现在郊外；如果排干了池塘水来捉鱼，蛟龙就不肯调和阴阳而兴云降雨；如果弄翻鸟儿的巢打破卵，凤凰就不愿飞翔到此。这是为什么呢？是君子忌讳自己的同类受到伤害啊！连飞鸟走兽对于此等不义之事都知道远远地避开，难道我孔丘还能无动于衷吗？"

孔子有感而发，作了一首歌曲，名叫《陬操》，以示哀悼。他和众弟子唱罢，一同眼望西北，久久地站立于黄河岸边，为窦鸣犊和舜华两位贤者默默祈祷。

红日西沉，残阳如血。

颜回见孔子紧锁眉头，目光哀戚且迷茫，试探着问道："夫子，我们该何去何从呢？"

孔子陷入了沉思，过了一会儿，才缓缓地说："咱们……还是回卫国吧！"言语中满是无尽的悲伤。

孔子师徒调转马头，一路向卫国方向行进。

忽听有人高声呼喊："孔夫子，请留步！请留步！"

这是来自晋国的使者。原来，晋国的战乱正在蔓延。赵简子和晋国的另外两个贵族范氏、中行氏互相攻打。赵简子的家臣佛肸（bì xī）便趁机占据中牟。这情形很像鲁国的公山狃占据费邑反对季氏。佛肸得知孔子离开卫国，便派使者到黄河边请孔子。

孔子一听已然有些动心，他觉得中牟地方虽小，但只要弟子齐心协力，也能干出一番事业来。

子路见孔子有意前往中牟，性急的牛脾气又上来了，第一个跳出来反对，"夫子，仲由以前听夫子说过，如果一个人本身的行为不正当，有道德的君子是不会与他合作的。现在佛肸据中牟反叛，夫子却想去协助于他，岂能说得过去？"说完，气鼓鼓地跳上了马车，玩弄起手中的长鞭。

孔子叹息道："是呀，我是说过那样的话。但我不是也说过，最坚硬的东西，磨也磨不薄，最洁白的东西，染也染不黑吗？！我难道是匏瓜吗？哪能只是悬挂着，却不给人食用呢？"

听了孔子的话，子路无言反驳，但心中却暗想：现在晋国形势混乱复杂，与夫子一贯所主张的"危邦不入，乱邦不居"是多么自相矛盾啊！这样的解释又怎能让众弟子心服口服。但他转念一想：夫子为推行自己的政治主张一直在积极地创造条件，利用各种时机，而且不管身处怎样的逆境都不会改变初衷，如今夫子有所心动也实属正常。于是，他懊恼地拍打着自己的脑门，为刚刚冒失的言语而后悔。

孔子虽然对子路这样说，但他最终考虑到中牟因晋国的几个家族争斗，而自己一旦陷入这种斗争，将难于自保，便接受了子路的劝告，取消去中牟的打算，一行人又重返卫国。

孔子

一日，孔子正独自一人坐在庭院里的大树下看书，子贡走进院子，向孔子行礼，说道："夫子，赐刚刚在城内听说卫灵公病危。"

孔子望着远方，"赐啊，尽快把你手中的生意处理掉吧！"子贡不解地望着他。

孔子接着说："卫国很快会发生内乱，我们要想明哲保身一定不容易。"

两日后，卫国向全国发出通告：灵公仙逝，举国哀悼。

又一日，蒯聩之子辄披麻戴孝地来到孔子馆舍。

"依照祖父的遗命，将立小叔为君，小叔却不肯接受，他推辞说，如今虽家父逃亡在外，可我还在，无论如何也轮不上他来继承王位。大臣们都打算拥立我为新君。夫子，我应不应该坐上这个君位呢？"辄娓娓道来。

孔子却始终闭目不答。

过了一会儿，辄见孔子仍然紧闭双目，看也不看自己一眼，自觉无趣，便起身离去了。

没过几天，卫国宣布新君辄即位，这就是卫出公。孔子的弟子中有人怀疑孔子参与过拥立辄为新君的政变，冉求悄悄地问子贡："我们的夫子是否帮助过新君呢？"

子贡想了想说道："我去问问夫子吧！"

子贡聪颖无比，也十分了解孔子的脾气。

子贡进屋时，孔子正在翻看竹简，"赐，你有何事？"孔子将竹简放置一边。

"弟子有一事请教。"

孔子点点头。

子贡问道："伯夷和叔齐是怎样的人呢？"

孔子看了看子贡，微微一笑，回答道："都是有仁德的人啊！"

"那么，他们有什么怨恨不平吗？"

"他们所追求的就是仁德，也得到了仁德，正所谓求仁得仁，这就足够了，还会有什么怨恨呢？不是吗？子贡！"孔子完全明了子贡此行的目的，说完哈哈大笑。

子贡见孔子已看透了自己的那点心思，红着脸退了出来。但他心里已经很清楚，孔子既然称赞伯夷和叔齐，就不会赞成蒯聩和辄父子相争的行为，他告诉冉求说："夫子绝对没有参与过此次政变。"

这一天，孔子和弟子们正准备吃晚饭，子路神情严肃地回到馆舍。

孔子见子路黑着一张脸，问道："出什么事了？"

众弟子也都抬起头，疑惑地望着子路。

"夫子，卫国又要内乱了，听说晋国的赵简子派阳虎悄悄地率兵护送蒯聩，准备潜入卫国。朝廷上下都乱套了，大臣们有的认为新君应该立即将蒯聩迎回都，子不认父不合伦理，有的甚至认为新君应该逊位，让蒯聩做国君。还有大臣则认定蒯聩是叛乱罪人，应该把他赶出卫国。"

"蒯聩此时入卫，只会是晋国乱卫的一枚棋子啊！卫灵公的父子之争很快会演变成为第二代的父子之争。弟子们，我们要赶快准备离开卫国了。"孔子长叹一声，"这个蒯聩真是一个既无勇又无谋的人，当年，他逞一时之勇，刺杀了南子，卫灵公全国通缉他，他只能逃亡到晋国，结果丢了即将到手的君位。现在他听说父亲病逝，就回来争夺君位，势必会引起卫国大乱啊！"

孔子

"赵简子怎么会派阳虎那厮护送蒯聩回国呢？"子路问道。

"唉，阳虎到哪，哪里就会不得安宁。十年前，阳虎在鲁篡权失败后，便逃到晋国。这些年，他浪迹齐、郑、卫、宋，前不久又回到晋国，他对这一带的地形非常熟悉，派他护送蒯聩最合适不过了，看来又将是一场恶战啊！"孔子感叹道。

孔子又说："如今卫国国君与其父同室操戈，草木皆兵，我们要早做打算。"

弟子们明白孔子的心思，子路抢着问："夫子，我们到哪去呢？"

孔子早已有所准备，"宋国是我的祖先生活过的地方，我们就到宋国去吧。"孔子对宋国有着很深的情愫，除了自己的祖籍在那里，宋国也是他妻子的故乡，他年轻时还曾到宋国专门考察过殷礼，至今已经三十多年了，真是逝者如斯啊！

孔子一行离开卫国，正当他们行至卫国边境时，传来消息，卫出公非但没有派人去迎回蒯聩，为了保住自己的君位，反倒请齐国出兵围攻了戚城，蒯聩败北，再次流亡。

事后，蘧伯玉也辞官不做了。孔子由衷地赞叹道："蘧伯玉真是一位君子啊！国家有道时，出来做官；国家无道时，他就把正确的主张收起来辞官隐居。"

二十

孔子与弟子们的一行车队进入宋国境内的山林之中，不远处传来开山采石的丁丁当当之声，其间夹杂着皮鞭啪啪的响声。

一群带着手铐脚镣正开采石头的囚徒出现在孔子师徒眼前，他们每动一下，身上的枷锁都会发出沉闷的响声，身后的大山被他们开采出一道硕大的凹口。

一个军士挥舞着手中的皮鞭，狠狠地抽打着一个摔倒在地的七八十岁的老人，一边打，一边骂："你这个老东西，快点干，误了工期，大司马就得剥了你的皮！"

老人爬起来，扛起一块大石头，胳膊上的青筋蹦起老高，身体禁不住左颤右颤，双腿不停地抖动着，突然腿下一软连人带石滚下了山坡，石头摔成了两半。

军士奔下山坡，看到一旁摔碎的石头，又是一阵雨点般的皮鞭抽在老人身上。

老人直挺挺地躺着，浑浊的眼睛绝望地看向天空，一动不动。

孔子目睹这一惨状，焦急地说："子路，快去劝劝，不然要出人命了！"

子路怒气腾腾地快步跑到军士后面，一把抓住他的手腕，军士猛

孔子

力挣扎，却无法挣脱开来，正要回身反击，被子路一掌击倒在地，旁边的人都解恨地笑了，却不敢笑出声来。

军士恼羞成怒地喊道："你是什么人，想找死是不是？！"

子路手按剑鞘，大声说道："我乃孔门弟子仲由，你想怎样？"

军士看到子路眼睛里冒出的杀气，有些畏惧，不再言语。

孔子走上前，拱手问道："请问你驱赶这么多百姓采石，要做什么用呢？"

军士哼了一声，"当然是奉大司马桓魋（tuí）之命，为他建造墓室了。"

"大司马桓魋，是宋桓公的后裔！可他今年也不过三十七八岁吧，为何如此兴师动众？"孔子惊异地反问道。

军士不耐烦地说："呦，看来你还知道大司马是谁呀！那就别再废话，司马大人就是要在生前把自己的墓建好！"

孔子摇摇头，和子路一起将已奄奄一息的老人慢慢扶起来，给他喂了点水后，老人才逐渐苏醒过来，看到眼前的孔子和子路，气若游丝地说："多谢恩人相救！这大墓……都造了三年了，司马大人还是不满意，那边正在烧的陶俑也是为了给他做陪葬的，唉！看来不等把这墓修好，我们就、就都没命了……"话未说完，老人已是泪如雨下。

"这是什么世道啊！如此的穷奢极欲，劳民伤财，残害百姓，就算死了装进最华丽的棺椁，还真不如快些腐烂掉了好！"孔子愤然地说道。

一个军士挥舞着手中鞭子走过来，"好呀，你竟敢辱骂大司马，看来你们真是不想活了！"说着挥鞭就要打。

子路手疾眼快，一把夺过鞭子，拔剑就把鞭子斩为两截，大声喝道：“尔等再敢猖狂，看我不把你们剁成肉酱！”

孔子喝住子路，“仲由休得无礼！”

监工的军士们看着杀气腾腾的子路，个个目瞪口呆，不敢上前，一个军士见状，偷偷地溜下山去。

子路将老人背了起来，走向马车。

石场的百姓们看着上了车的孔子和弟子们，纷纷挥泪跪拜。

日落黄昏，孔子一行在商丘城内找了一家客栈住下。

子路和子贡从外走进来，子贡掸了掸身上的尘土，对孔子说：“夫子，我们已经把那位老人送回家调治了，并且留下了一袋钱币。”

“好！我们救助了一个百姓，只是很小的一件事情，如果宋君能听进去我的一席话，不让司马桓魋再继续修建他的那个石椁，岂不是能救助更多的百姓？”

“夫子还真准备面见宋公啊？刚才我和子贡去了一趟宋国的宫门处，结果被门前侍卫奚落了一番，宋国君臣对夫子的到来不仅无动于衷，视而不见，而且还对咱们轻薄异常！”

孔子仿佛已经习惯了这般“礼遇”，平静地说：“一路上你们也看到了，宋国在列国中是比较落后的国家，就像一潭死水，毫无生机可言，为了宋国的庶民百姓，不管宋公相见与否，我决定还是主动求见。”

第二天，孔子带着颜回、子路、冉求等弟子驱车来到宋宫门前。孔子对侍卫施礼，“烦请通报一下，在下鲁国孔丘，想与宋君一晤。”

不大一会儿，侍卫跑了出来，对孔子一拱手，“君上有请，请随我来！”

"微臣冒昧求见，失礼了，君上。"孔子深施一礼。

"你就是孔丘？"宋景公好奇地问。

"微臣正是。"孔子又施一礼。

"听说你对于治国安邦有自己的施政思想，寡人倒有几个问题想请教于你？"宋景公低着眼皮说道。

孔子点点头。

"我想让国家长久地存在下去，想获得更多的都邑，想使庶民百姓安定无忧，想使士人都能为此尽心竭力，想使阴阳协调节令合宜，想使圣者贤士都自动前来，想使官府得到妥善的治理……这该怎么办呢？"宋景公一口气提了七八个问题，说完便直勾勾地盯着孔子。

"别的国君对我提的问题也不少，却从没有像君上问得这般详尽的。"孔子停顿了片刻，从容自若一一作答，"我曾听人说，邻国和睦相处、相亲相爱，国家就能够长久；国君施行恩惠，臣子尽忠职守，便可以得到很多都邑；不乱杀无辜，不放过有罪之人，民众就不会迷茫生疑；适时增加俸禄，士人就会尽心竭力；尊天道，敬鬼神，则可以阴阳协调，节令适宜；崇道而贵德，贤人自会主动来投；任人唯贤，罢黜不肖，官府便会得以治理。"

宋景公听罢，敷衍着连声说："说得好，说得好啊！的确应该这样做，可是寡人没有什么才智，唯恐做不到啊！"

孔子马上鼓励宋景公说："这些事情并不难办，只要想实现它，就一定能够做到。微臣前日在山中，发现很多百姓在给本国大司马桓魋修筑石椁，这等劳民伤财之事，就应该坚决禁止啊，君上！"

宋景公一听孔子将矛头直指大司马桓魋，遮遮掩掩地说："哦……夫子所说之事，寡人要再核实一下，过几日再议不迟。"宋景公心中暗想：

“看来昨晚大司马所言确有此事了。”

原来司马桓魋连夜面见宋景公，说孔子定会以自己修筑石椁为由来游说君上，其实他是狼子野心，万万不能对他委以重任，发誓一定要驱逐孔子。

司马桓魋在宋国就像季氏在鲁国、赵简子在晋国一样，擅权专政，视国君为傀儡。宋景公见司马桓魋如此态度，也不敢再多说什么，只让大司马相机行事。

孔子看到宋景公一言不发，只觉得多说无益，便起身告退，回到客栈。

孔子师徒在客栈一住就是四五天，却再也未见宋景公派人前来召见。

客栈的后院很大，当中有一棵大银杏树，粗有数围，枝繁叶茂，树冠如盖。孔子经常带领弟子在树下温习礼仪。

一天下午，孔子望着这棵银杏树出神，颜回走过去轻声问道：“夫子，又在想曲阜杏坛的银杏树了吧？”

孔子笑着说：“还是回最知我心啊！把弟子们都叫来，咱们开始修习吧。”

孔子端坐在树下，颜回高声道：“拜，再拜，三拜。请夫子授课。”众弟子一脸喜悦地跪坐于左右。

突然门外一片嘈杂，一群宋国士兵从外面冲了进来，不由分说地一通乱砍。冲在最前面的军士举起手中的刀斧，高喊着：“奉司马大人之命，诛杀孔丘！鲁国人，滚出去！休要在我宋国传播你们的异端邪说！”

司马桓魋也冲到了后院，看到孔子居然还能正襟危坐在树下，嘴里念念有词，"礼之用，和为贵……古代圣明君主的治国方法可贵之处就在于此，他们能够把大事小情都做得恰到好处……"司马桓魋火冒三丈地吼道："把这棵大树给我砍了！"

七八个大汉一拥而上，七手八脚地抢起刀斧，顷刻之间，好端端的一棵银杏古树便被砍倒了。

弟子们赶忙把孔子扶到一边。

散落在树下的经卷、竹简，因为来不及拿走，都被宋国士兵一通乱砍，碎竹简在刀斧之下高高飞舞着。

整个客栈被围了个水泄不通。

颜回慌忙地跑到孔子面前说："夫子，这等愚昧无知之人，蛮不讲理，我们还是尽快离开此地吧！"

孔子面不改色，"不要怕! 天降此德与我, 区区一个桓魋能奈我何? "他沉思了片刻，接着说道："快让弟子们收拾书简行囊，我们分几路到郑都新郑东门外汇合。大家都装扮成商人模样，以防不测！"

夜色深沉，无月无星，众人收拾停当，一行马车在夜色的掩护下向城外飞驰……

二十一

孔子师徒经过几天急行，终于抵达郑国，还没歇脚，就在新郑熙熙攘攘的东门外走散了。

孔子在城门外不停地踱来踱去，焦急地凝目眺望远方，"大家兵分几路，可千万别被司马桓魋的追兵追上啊！"此时的他眼里布满了血丝，衣服也被划破了几处。

子贡等人率先赶到了新郑，发现城外无人，等了许久也未见孔子、颜回等人的身影，便开始心急火燎地入城寻找。子贡等人从城东找到了城西，突然看到一个老者，此人六十多岁年纪，中等身材，双目有神，胡须垂胸，嘴里哼着小曲，子贡赶紧上前行礼，"请问老丈可曾见到一位身高九尺，年过六旬的外乡老人吗？"

老者上下打量着子贡，捋着胡须，微笑着说："东门外有个身高九尺有余的老者，相貌不凡，脑门像古帝唐尧，脖颈似尧时的名法官皋陶，双肩似我国的贤相子产，自腰以下又像治水的大禹，只不过短了三寸；脊背微曲，又瘦又乏，样子很狼狈，简直就像一条丧家之狗。"

子贡一听便知老者所言之人正是孔子，可他居然说自己的夫子像条丧家之狗，有些不悦。不料老者不等子贡说话，转身便离开了。

子贡急匆匆跑向东门，远远便望见孔子独自一人在四处张望，颜回正在不远处徘徊。子贡心中一阵悲凉，快步跑到孔子面前，哽咽着喊道："夫子！"

孔子见到子贡惊喜万分，感叹地说："赐啊，你怎么知道我在此呀！"

子贡将那位郑国老者的话和盘托出。

孔子听了，低头看了看自己，忍不住哈哈大笑，"说我像尧，像皋陶，像子产，像大禹，那可不敢当，但把我说成一条丧家之狗，倒是像极了，像极了啊！"

弟子们听着孔子的话心里很不是滋味，彼此看看，沉默不语。

众人在新郑休整了几日后，孔子觉得郑国是著名贤大夫子产的世居故国，虽为小邦，但因子产内修仁德，也使郑国能够长治久安，百姓安居乐业。现如今子产早逝，小人当权，郑国君臣只知道互相倾轧，国事日非。先辅佐一国强盛，再图天下得治的仁德之治，在郑国显然并不适合，建议去往陈国。

公良孺一听，高兴地说道："太好了！夫子，陈国是弟子的父母之邦，上次本想去陈国，谁想在匡邑和蒲邑遭难，只能重返卫都，这次我来为夫子驾车。"

临行前，孔子带领着弟子们来到新郑西南陉山之上的子产墓，悼念祭奠，他们叩首揖拜，依依惜别。

孔子一行坐着马车在山峦绿野间行进，数日后，终于到达陈国国都宛丘城下。

公良孺早已赶到陈国，告知陈国大夫司城贞子，孔子很快会到达陈国，贞子立刻向陈潸（mǐn）公禀报。

陈潸公见到孔子，拱手施礼，"夫子乃当今贤人，千里迢迢来到敝国，真是寡人和万民之幸啊！”

孔子深施一礼道：“孔丘拜见君侯，无端打扰，还望君侯见谅！”

陈潜公携孔子同登一车，以上宾之礼迎孔子入城。

一日，陈潜公邀孔子一同出游，忽有一侍卫来报：“君上，听说鲁国发生了一场大火灾，大火从宫城西部的司铎宫燃起，并且殃及了其他宗庙。”

“可知是哪一代的宗庙？”陈潜公不由地脱口问道。

“现在还不得而知。”侍卫摇了摇头。

孔子在一旁双眉紧皱，思索了片刻说道：“想必是桓、僖二庙被烧吧！”

“何以见得？”陈潜公很是诧异。

“祖宗有德不毁其庙。桓、僖二公无功德而存其庙，鲁人不毁，天必毁之。”孔子坚定地说道，继而又解释道：“其实桓公、僖公祖庙的存在，正说明了季氏在鲁国的专权跋扈。桓公是鲁哀公的八世祖，僖公为六世祖，按照礼法，祖庙只应保存到第四代为止，四世后则应毁庙，迁牌于太庙。但因桓公是季氏的直系祖先，僖公是最初给予季氏封地的人，季氏为了纪念他们，所以将其庙长存。而今火烧二庙，正是对他们违礼行为的惩罚呀！”

陈潜公对孔子的话将信将疑，觉得有些言过其实，就随便应承了几句。

谁想，事隔不久，陈潜公得知那场大火果然将桓、僖二公祖庙化为灰烬，忍不住大加赞赏：“夫子不愧为当世之圣贤，果然不凡！”

孔子

贞子府中，弟子们聚在一处闲聊。子贡颇有感触地说："如果将学问的高低比作院墙，那么我们师兄弟的院墙不过是齐肩矮墙，正因为墙矮，就会很容易看到院子里有什么样的好房子，你能看到我的，我也能看到你的。而夫子的院墙则大不一样，它有数仞之高，你如果找不到它的门，不能从门进入院子里，你就看不见院子里的景色有多美，房子有多多。"

子路大笑着说："不错！不错！师弟不愧为能言善辩之士，这个比方既贴切，又生动。"

众弟子都在一起七嘴八舌，议论纷纷，好不热闹，只有颜回躲在一边默不作声。

子路走过去，用他的大手拍了拍颜回瘦弱的肩膀，"师弟，你每次发表意见，总能博得夫子的好评。不知你对夫子的学问有何见解呀？"

颜回笑了笑，依然保持沉默。

"说说吧，我们兄弟之间，各抒己见嘛，说来听听，大家一起共勉。"子贡在一旁接腔。

其他师兄弟也开始起哄，都想听听夫子的第一高徒是如何评价夫子学问的。

颜回见实在推脱不了，看了看众弟兄，挺起腰板，颇有感触地说："夫子的道德学问和思想达到了让人无法琢磨的境地。你越抬头看，越会觉得他的学问高远得没有边界；越是用心钻研，越觉得他的思想博大精深，难以企及。你往前看，觉得仿佛就摆在我们面前，可转瞬间又突然跑到我们后面去了，真是高不可攀，坚不可摧。虽然夫子的学问如此高远和深奥，但夫子却能够循循善诱，用各种文献来丰富我们的知识，用周全的礼仪来约束我们的行为，使我们每每想停下来，都欲罢不能，总感觉只有不遗余力地学习才是唯一的出路。有时候，我觉得我已经用尽了才力，似乎可以独立做些事情了，可是，当我想要再向前迈进一步时，却发现不知到底该走哪条路。"

颜回刚刚讲完，子贡由衷地赞叹道："还是师弟对夫子的思想体会深刻，琢磨透彻呀！"众人也纷纷对颜回的一番话表示赞赏。

春去秋来，一转眼，孔子师徒来到陈国已经整整三年了。

一天夜里，孔子和弟子们刚刚睡下，突然，颜回破门而入，"夫子，快，快起来！吴国来攻打陈国了，我们得快快离开！"

众人从睡梦中惊醒，纷纷问道："怎么回事，吴国来打陈国了？！"

"是呀！我，我这两天到城外出游，在回来的路上碰到了吴国的军队……吴国的大军马上就要到达陈国边境了，陈国已经有人开始逃难了，咱们赶紧收拾东西，快快离开这里吧！"颜回上气不接下气地说。

"夫子，这次咱们去哪儿呀？"子路最关心的就是这个问题。

孔子心中暗自思忖：卫君不肯接父亲蒯聩回国继位，这是名不正、言不顺，不能去；晋国虽然强盛，但赵简子专权跋扈，迫害贤人，废弃礼仪，也不能去；宋国国小力衰，更兼有司马桓魋之辈，更不能去……想来想去，孔子想到了楚国，楚王在位二十七年，虽然年事已高，但把楚国治理得日益强盛，还经常与强晋抗衡，关键是楚王还曾派人到陈国礼聘自己。想到这，孔子对众弟子说："即刻收拾行囊，我们去楚国！"

孔子

二十二

狂风中，孔子师徒终于在临战前夕仓皇逃离了陈国都城宛丘，一路颠簸向西南行进。数日后，一条大河挡住了去路。

孔子下车四下张望，却寻不见渡口，便吩咐正在赶车的子路，"仲由，你去问问渡口在何处？我们找条船顺流直下，路途会近一些。"

子路一边把马鞭交给孔子，一边说："好嘞，我在前面等着你们！"说着便顺小路向河边跑去了。

孔子接过马鞭，一挥鞭，马车向前慢慢驶去。

子路翻过河堤不远处，一片金黄色的麦田映入眼帘，在阳光的照耀下，金灿灿的麦穗随风摇曳着，有两位长者正弯着腰，专心地用铁镰收割，颇有一番诗情画意的景致。

子路走上前去，拱手施礼道："请问老丈，前方那条大河的渡口在哪里？"

两位长者一高一矮，高个子问："你是谁？"

"我姓仲，名由，字子路，鲁之卞人，请问老丈尊姓大名？"

矮个子抢先说道："我叫长沮，他叫桀溺。"说着，指了指不远处的孔子，"那个拿着鞭子正在赶车的是谁？"

子路颇为自豪地说："那是我的老师，孔丘。"

一直低头干活的桀溺，一听是孔丘，立刻抬起头问道："哪个孔丘？鲁国的孔丘？"

子路兴奋地点点头。

桀溺轻蔑地笑了笑，"鲁国孔丘号称圣人，无事不知，无事不晓，还率领弟子们周游列国，足迹走遍天下，怎么会不知渡口在何处？"说完又低下头干活，不再搭理子路。

子路心中不悦，但依然毕恭毕敬地又向长沮深施一礼，"还请长者明示。"

"你是孔丘的弟子吗？"长沮追问道。

"正是。"子路耐着性子答道。

长沮讽刺地对子路说："你那位夫子四体不勤、五谷不分，算什么夫子？当今天下如滔滔的洪水，又有谁能改变？我看，你与其跟随着你那位夫子四处流亡，不如跟随我们在此躲避乱世吧。"他一边说，一边又开始继续收割。

子路闷闷不乐地追上了孔子一行。

孔子迎上递过水袋，"问到渡口了吗？"

子路一边喝水，一边懊丧地说："没有。碰到了两个种田人，他们不告诉我，说夫子既然是圣人，就应该知道渡口在什么地方。还说我们不务正业，不如像他们一样种田锄草。看样子，他们不是一般的农夫，可能是两位隐者。"

孔子长叹一声，"人不能和鸟兽同群啊，隐居在山林、田野，躬耕于丘垄、山间，当然很悠闲自在，可是我们怎么能够置天下苍生于不顾呢？唉！如果天下太平，我们当然不用四处奔波了，可现在只能

孔子

知其不可而为之啊……"

师徒一行绕行半日才找到渡口，登上一艘大船。孔子站在船头，感慨地说："时光就像这流水啊，日夜不停地流去。"

"是呀，夫子，我们离开鲁国已经整整十年了，现在由陈国去楚国，其间必须先要路过长年被吴楚争夺的蔡国，路途还很艰险哪！"颜回有些担心地说道。

"的确！回，你的担心不无道理。"孔子肯定地说，他望着两岸的青山停顿了一下，接着说道："蔡是一个小国，由于常受楚国的威胁，蔡侯就投靠了吴国，并举国东迁至寿州（今安徽凤台）。当时有很多大夫都反对迁都，蔡侯怕吴国误会，便杀了公子驷向吴国解释，至此，朝中也就没有人再敢阻止了。蔡侯迁走后，楚国又将从前俘虏的蔡人和没有随蔡侯东迁的臣民迁移到负函（今河南信阳）作为蔡人新的聚居点。我们此次由陈国去楚国，负函是必经之地，而这一带正是吴楚交战的地区。"

大船顺流而下，河两岸蒿草丛生，枝叶茂密，随着前行的船向后缓缓退去。半裸着上身的山民像幽灵一样地在两岸的密林间出没。子路和冉求站在船头紧张地注视着河的两岸。

突然，一侧河岸上一个山民手持长矛奔跳出来，冲着大船示威似的大吼了一声，又迅速地消失了！

孔子警惕地站在船上观望着河两岸的情形，他压低声音对冉求说："这些蔡人到底要干吗？跟了咱们很久了！"

子贡不安地说："夫子，听说楚人已包围了蔡都，只怕蔡人不想让我们去楚国啊！要不，我们往回走吧？"

孔子指着船上的书简说："文王、周公之后，这些文献是不是只能靠我们传承下去？如果上天要断绝这种文明，以后的人就不会拥有它了。如果上天不想断绝这种文明，山野之人又能把我们怎么样呢？”

言语间，又有一个披着兽皮的山民，豹子一般地窜出山林，吼叫着，继而又消失了。孔子抬头望去，水边突然有一只九尾鸟从树林里飞过，发出凄厉的叫声。九尾鸟掠过河面，激起一片涟漪，又向前方飞去。

孔子思忖了一下，“这种鸟飞过，说明前面会有人，而且这鸟的叫声告诉我们，今夜有雨，咱们要快些了，天黑之前，我们准备上岸！煮点粮食充饥！”

大船在水中渐渐地远去了。

孔子一行上岸行了不久，进入崇山峻岭当中。山中唯一的一条道路蜿蜒曲折，时隐时现，马车行驶其间，右有万仞高山，左是千丈深渊，随时有坠落山崖的危险。也不知行了多少时辰，一直未见人烟。渐渐的，头顶上的那线蓝天淡了下来，山峦变得更加昏暗。

一直跑在前面，已长成壮小伙的漆思弓，突然手指前方，大喊一声：“看！前面有一个村庄！”

顺着他手指的方向，人们发现在峰回路转处，出现了一片开阔的山谷，一座村庄在昏暗的山色之中隐约可见。

孔子和弟子们踏进村庄一看，战火已经将村落扫荡殆尽，村内空无一人。

子路、子贡、漆思弓在村中翻找着食物。子路在屋角发现一只坛子，忙伸进手去，向外一掏，是一块爬满了蛆虫的干肉。子路气愤地举起坛子“啪”地一声，摔了个粉碎！孔子走了进来，对子路说：

孔子

"干吗那么大的火气！"

"这村里的人都躲到哪里去了？被谁扫荡得一干二净的！"

"赶了这么久的路，大家都很疲惫了，赶快把这里收拾一下，我看可以过夜！找几个人盯住来路，防止蔡人打进来。"颜回说着，一边将舆图摊开在地上，一边对孔子说："夫子，您看，我们好像被蔡人堵在这片山谷里了。"

收起舆图，颜回拿起粮袋看了看，"唉，没有多少粮食了，恐怕连今晚一顿都不够了，我们只有四下挖一些野菜充饥了。"

第二天一早，晨光中，孔子的几个弟子疲惫地歪倒在村边道旁。

水井边，漆思弓用那只独臂很灵活地架起锅灶，公西赤也忙得满头大汗，一时间炊烟袅袅。

子贡和冉求从草屋内走出来，走到灶前探头一看，铁锅里煮的全是树根、野菜，沮丧地摇了摇头。

子贡对靠在墙边的孔子说："夫子，我在后山坡上找到一条小路，可以通到山下。我想和冉求一起到后山去，找些吃的来。要是能找到楚军来接应我们就更好了。夫子，您就在这里歇息吧。冉求，你随我来！"

子贡和冉求拜别了孔子，默默地寻路往村外走去。子路放心不下他们二人，带了几个师弟沿路跟了过去。

孔子和弟子们被困在这个山谷已经整整四天了，其间三天绝粮。

弟子或因饥饿，或因野菜中毒，纷纷病倒；没有患病的，也都脸色蜡黄，相互依偎在一处。

孔子依然每天琴声不绝，用颤抖的手为弟子们抚琴，唱歌。

　　曾点听着琴声，满腹懊恼地问："夫子您说过：'为善者天必报之以福，为恶者天必报之以祸。'难道我们做了什么错事吗？为什么上天要让我们忍饥挨饿呢？"

　　"是啊，你们大家都说说看，我们到底做了什么错事，何以受困于此？"

　　子夏打起精神，高声回答说："夫子之道至大，故天下莫能容。"

　　孔子停住了手中的琴，"……德不孤，必有邻！我带领你们走遍天下，游说诸侯，目的是传布圣贤之道，以济天下。至于成败生死，早就置之度外了！"

　　颜回接着言道："好农夫能种好庄稼，但未必会获得好的收成；能工巧匠可做出好器具，但未必会为人所用。夫子之道至高，当世不能用，这只能说是治国者无知，又何损于夫子的伟大？"

　　曾点有所感悟地点点头，"夫子说过：'岁寒，然后知松柏之后凋也。'"

　　孔子欣慰地笑了，"弟子们，你们读懂我了！"

　　被饥渴和疾病所折磨的孔子师徒仍在困守……

　　孔子一直在原处抚琴，一夜之间，他的须发都白了。

　　漆思弓担心地说："夫子都弹了几天了？"

　　子路貌似在开玩笑，实则痛心地解释道："夫子在以弦声代饭呢！"

　　颜回走过来拍拍漆思弓的肩膀，"你饿吗？"

　　漆思弓点点头，"不过不要紧。夫子曾说过：'君子忧道不忧贫！'"

　　子路对蹲在墙角的曾点说："曾点，上哪儿再能找点吃的吗？你别老蹲在那里愣神啊，你平时不是总有点子的吗？"

曾点摇摇头，"罗掘俱穷！这里前不着村，后不巴店，上哪儿找去呀！"

漆思弓扶着墙想站起来，结果不但没起来，反而趴在地上干呕起来。

颜回轻拍着漆思弓的后背，"再忍一忍，子贡已经出去求援了，很快就能回来。"

漆思弓忧伤地说："别人都有兄弟，唯独我没有。"

子夏听了马上说："我听说过这么一句话，死生各有命运，富贵由天决定。四海之内，都是兄弟啊！"

孔子看看饥饿困顿的弟子们，"弟子们啊，我们说点轻松的事吧！你们平日常对我说：'人家不肯重用于你！'好吧，如果以后有人重用你们，那你们又准备怎么做呢？"

子路颇具豪气地说："我要驱驰一千辆兵车，纵横于大国之间，我要让我的子民勇敢，人人会打仗。"

孔子微笑着摇摇头，"仲由，君子泰而不骄，小人骄而不泰。冉求，你的志向是怎样的？"

冉求答道："我希望管理一个小国。三年后，我要使百姓生活富足，然后学习礼仪。"

孔子点点头，"是啊，君子为政，可以托六尺之孤，可以寄百里之命！卜商，你怎么样？"

子夏微笑着，"学而不厌，乐在其中。不义而富且贵，于我如浮云！"

"卜商不言，言必有中！曾点，你怎么样？"

曾点回答："我和他们三人的想法都不同。"

"那就谈谈你的志愿嘛。"

"我梦想在暮春时节,穿上迎春的新衣,同几个好朋友带着几个少年,到清清的河水中洗浴,迎风歌舞,然后吟诵着诗篇去祭祀神灵。"

孔子感慨道:"智者动,仁者静!我最欣赏的还是曾点啊!"

孔子拨琴,改换曲调,琴声转而幽默诙谐。

冉求长叹道:"我看我们的夫子是早生了一千年。别人讲贪欲,他讲仁德;别人讲强权,他讲忠恕;别人靠武力,他讲'和为贵';别人轻贱生命,他说'仁者爱人'……"

公西赤感叹着,"只可怜我们的夫子孤独无伴啊!"

颜回看向苍穹,"天,在每一个朝圣者的旅途中都有一处圣地。也许陈蔡之地注定将要成为我们的圣地——"

子路拿起一柄斧钺,站起身来,慢慢走到孔子面前,"夫子,不能光您一人弹琴,学生为您献个舞,您看可好?"

弟子们齐声伴唱:"我们不是犀牛,我们不是老虎,可为什么我们也都在旷野上行走?为什么?为什么?难道是我们错了吗?"

琴声不绝,舞姿不断,没有病倒的弟子们都加入到舞蹈之中。

正舞着,子夏忽然回头一看,叫道:"夫子,您看,有人来了!"

不远处子贡乘着一辆楚兵战车踽踽而来,还有一队驴驮载着食物紧跟其后,"夫子,我回来了!"

弟子们欢呼着,蜂拥上前,冉求激动地说:"哎呀!子贡你可回来啦,再不回来,我们都要成饿殍了!"

"夫子,对不起,我去得太久了。"

孔子为子贡擦去脸上的血迹,唏嘘道:"我以为这次真的要命丧黄泉了呢!"

孔子

子路有些埋怨地说："子贡，你一走这么多天没消息，我们被蔡人围在这里，进不能进，退不能退！"

"夫子，我们离开山谷，才知道这段时间简直是天下大乱了啊！吴人吞并了郑国，楚人吞灭了蔡国。多亏了颜涿聚带了楚兵来找我们，要不我们可就见不到面了！"子贡并不介意子路的抱怨。

子路抬头看去，妻兄颜涿聚扛着一只羊笑嘻嘻地正朝他走来。

子贡接着说："夫子，楚兵是楚王派来接您进城的。这些日子鲁国也不安宁，定公已经死了，新君已继位。近日，齐田常发兵攻进了鲁国，现在正向国都曲阜进发呢！"

曾点吩咐年轻弟子，"快，做饭去，夫子等着呢。"

孔子沉吟着："鲁国有难，弟子们，我们不能坐视不理啊！"

子贡郑重地点点头。子路、冉求一听这话，立刻激动地站起来，高举着拳头，"夫子！我们杀回去，救鲁国！"

只有颜回不无忧虑地说："只怕'三桓'还是不让夫子回国啊！"

孔子点了点头，"端木赐，你再辛苦一趟，去游说吴国、晋国出兵援助鲁国。高柴，你去鲁国打探消息。当然，要吃饱了再走！"

子路着急地吆喝着："嘿！你们还愣着干嘛？烧火做饭啊！"

弟子们七手八脚地忙活开来，有淘米的，有洗菜的。子路把羊皮扒了下来，最擅长烹调的颜回架好篝火，把洗净的全羊架到火上烤了起来，不一会儿烤羊就开始滋滋作响，诱人的香味随着微风四散飘出。颜回开始把整羊慢慢切成块，以方便大家食用。正切着，一不小心一块切好的羊肉滚落在地上，沾满了沙土，颜回舍不得丢掉，便使劲吹了吹，放到嘴里，就着沙子给吃了。

子贡正在远处挑水，看见颜回把一块羊肉放到嘴里，以为他在偷吃，气冲冲地走进茅屋，问孔子："夫子，穷困之时，君子能改变气节吗？"

孔子听到子贡这莫名其妙的提问，满腹狐疑地回答道："君子如果在穷困之时改变气节，岂能称之为君子？"

子贡板着脸，生气地说："颜回素称仁廉君子，夫子也一直这样说他，可我刚才在挑水的时候，却看见他在偷吃烤好的羊肉，这难道还不算改变气节吗？"

孔子先是一愣，然后笑着摇摇头，"赐啊，我很早就相信颜回是个仁人君子了。虽然你说亲眼看到他在偷吃羊肉，我还是不相信，如果是真的，这里面一定另有原因。"

子贡一听孔子的话，很不服气，认为孔子在袒护颜回，还想再与他争辩，孔子摆摆手，"赐啊，你不用说了，我们一起去问问颜回，一问便知。"说着孔子走出了茅屋，来到颜回面前。

看到孔子走了过来，颜回一边切肉一边高兴地说："夫子，羊烤好了，我把它切成块，一会儿就能吃啦，您闻，多香啊！"

孔子问道："颜回，刚才你在切羊肉时，可曾偷吃过？"

颜回听了立刻起身，垂手侍立，将实际情况如实地叙说了一遍，孔子看到他嘴唇上还沾有些许沙土，微笑着拍了拍颜回瘦弱的肩膀，"我始终相信颜回是一位君子。"

子贡在一旁听了颜回的叙述，羞愧得满脸通红，心中对颜回更加敬重了。

饭后，子贡辞别了夫子与众师兄弟，独自驾车先奔向齐国临淄。子羔向鲁国方向行进，孔子及剩下的弟子们乘楚国战车继续向楚国方向前进。

二十三

鲁国曲阜城头上飘扬着军旗。曲阜城下，战争正步步临近：齐军的野战营寨密布，篝火四下升腾，远处不断传来齐国将士铿锵有力的歌声。战车、骑卫、步军方阵随处可见。

城墙上站满了打着火把的鲁国守城军士，一乘舆抬慢慢地沿着城墙走来，舆抬上，是衰老的季孙斯，他已是风烛残年！季孙肥打着火把随行。季孙斯淡淡地看着城下和周边，突然缓缓地抬起手摸了摸肩头的鹰，舆抬随之停了下来。

季孙斯沉默了半晌，问道："肥，最近听到过孔丘的消息吗？"

"听陈蔡的难民说，孔丘在蔡国被困，差点饿死！后来还是子贡请来楚兵解救了他。他们应该去了楚国……"

季孙斯无力地说："听说孔丘派子贡去了吴国，已经说服吴王发兵援鲁了。"

"是的，父亲，吴国援兵还没有到。"

"当年孔丘代理国相，令齐人畏惧。如果他留在鲁国，何至会有今日？国危思将，国难思相。我们把他赶走了，中了齐人的奸计啊……"季孙斯垂目，叹了口气，"现在定公已去，新君年幼，我的时间也不多了，我要你做一件事，把孔丘请回来。"

　　季孙肥迟疑了一下说："当年我们对孔丘不善，使得他远逃他乡，此举久已为天下人所耻笑。如今又要请他回来，万一再相处不好，怎么收拾？"说到这，季孙肥停住了，他抬头望着齐军的连片营寨，缓缓说道："要不，先把冉求请回来，此人很会用兵，又在我们府上做过家臣，先用他对付一下齐人吧。"

　　"也好，就先请回冉求，不知孔丘是否还在记恨我们啊！"季孙斯眼睛望向城外齐人的连片篝火。

二十四

孔子一行经过两天的跋涉，顺利抵达负函。

孔子想起负函是由楚大夫叶公负责治理，便对随行的楚军说："既已到负函，我想顺便去拜谒叶公，将士们先率兵回都城吧！"

楚军头领犹豫不决，关切地说："夫子，您在陈蔡刚刚被恶人围困，今日虽已到达楚国境内，但此处为我国边境，我等实在有些放心不下。"

孔子笑着说："将士不必多虑，由此地前去楚国都城路途已不远，我到叶公处拜谒后，就会尽快赶往都城拜见楚王，你们先回都城复命吧。"

见孔子心意已决，楚军一行便辞别了孔子师徒，向都城方向继续前进。

子路不知孔子为何执意要去拜会这个叫叶公的人，便好奇地问："夫子，叶公是个什么样的人呢？弟子从没有听说过啊！"

"叶公名叫沈诸梁，字子高，楚左司马沈尹戍之子，曾为叶邑长官，后来叶成为他的采邑，人们便称他为叶公。"

子路又问："他是一位贤者吗？"

孔子笑着反问道："物以类聚，人以群分。我要去拜谒于他，你认为他是不是一位贤者呢？"

子路不好意思地低下了头，跟在孔子身后快步前行。

叶公也久闻孔子大名，有人报孔子一行应楚昭王邀请已到负函时，亲自出郭相迎，并设盛宴为孔子师徒接风洗尘。

叶公见到孔子一行人都已疲惫不堪，便苦苦挽留，"夫子和弟子们刚刚解脱围困之苦，一路颠簸劳顿，又有很多弟子患病，需要好好休养，才能恢复体力，不如先在我的府里住下，待身体完全复原后，再考虑奔赴楚都吧。"

孔子一听叶公所言在理，便与弟子们暂居于叶公府上。

一天，孔子正在给弟子们讲《易》，子羔从外面闯了进来，一下子跪倒在孔子面前，"夫子，我回来了！"

孔子一见是子羔，赶忙扶起，"高柴，上次自山谷一别，你这么快就从鲁国打探消息回来了？"

"是呀，夫子，我在归鲁途中，正巧遇到季氏派来的使者，他们要召冉求回国。"子羔擦了擦额头上的汗水，问道："要不要让冉求回去呢？使者正在外面等候。"

孔子听后，赶忙吩咐子羔将使者带进屋内。

鲁国使者见到孔子深施一礼，说明来意。孔子平静地说："鲁国是我的父母之邦，我之所以教育弟子，也是为了终有一日能够振兴鲁国，恢复周礼。如今鲁国正在危难之中，派使者前来接冉求归鲁，此乃冉求报效祖国的机会。"孔子看看冉求，对他说道："冉求啊！回去吧，此番归鲁，定然大用，非小用也。"

冉求从话语中就已能体会到孔子强烈的思乡之情，他含着泪跪倒

孔子

在孔子面前，"夫子，放心吧，我回国后一定说服相国和君上，尽早接您回鲁国……"冉求已经泣不成声。

孔子充盈着泪花的目光里满是难言的期待，他扶起冉求，"让樊迟与你同驾回去吧，愿你们会有大用！"

这一夜，孔子一人久久地在庭院内独自踱步、徘徊。冉求即将离去，回到鲁国，他由衷地为冉求高兴，但又有着一丝失落弥散在心头……一阵晚风掠过，吹拂着他的一头白发，孔子不禁打了个冷战。

颜回见孔子屋内空无一人，猜想他也许会在院中，便轻声寻了过来，"起风了，夫子，小心别着凉，快快回屋歇息吧！"说着，给孔子披上了一件外衣。

"落叶归根，我老了，是多么思念我的父母之邦啊。"

月色下，孔子眼中闪动着晶莹的泪花。

第二天一早，冉求、樊迟与鲁国使者便匆匆离开了负函，孔子率领着部分弟子一直送到负函城外。

"今日分别，不知何时才能相见，夫子还有何教导？" 冉求问道。

孔子挥挥手，"回去吧，该回去了……"

子路搀扶着孔子说："夫子请留步，仲由再送三位一程！"

冉求、樊迟一齐跪倒在地，挥泪向孔子拜别。

已经走了很远了，冉求回过头来，见孔子依然站在那里，不断地向他们挥着手，他那高大的身躯变得越来越小，逐渐消失在地平线上……

自从冉求等人归鲁后，孔子每日除了读书授课以外，就是站在庭院之中独自沉思，少言寡语。

叶公十分敬重孔子，看着他每天这样心事重重、郁郁寡欢的样子，心中着实为他难受，便有事无事地与他闲谈，以排解他心中的烦闷。

一天，叶公向孔子请教为政之道，"负函聚居着大批蔡民，大家都离心离德，不知该如何治理？"

孔子想了想说道："应该让近处的百姓安居乐业，心悦诚服，让远方的百姓向往归附，主动投奔。"

叶公对孔子这番"近者悦，远者来"的美好为政之道非常感兴趣，接着又向孔子讲起了一件让他觉得很困惑的事情，"我这里有一个坦率正直的青年人，他的父亲偷了人家一只羊，他便去告发，还作了证，结果他父亲吃了官司，夫子认为这个人是不孝吗？"

孔子不假思索地说："我们那里坦率正直的人与你们这里有所不同，那是顺乎天理，合于人情的。父亲替儿子隐瞒，儿子也为父亲隐瞒，坦率正直就表现在其中了。常言道'子不言父之过，臣不语君之非'，父慈子孝，君义臣忠，这是天经地义无可厚非的，倘若父子相互诉讼，君臣相互攻讦，违反天理人情，孝慈忠义不存，虽然正直，却不足取。"

叶公对孔子的观点，有些不能理解，但又一时想不出反驳的道理，于是便说了些无关痛痒的话，就忙自己的公务去了。

过了几天，叶公在庭院走廊处恰巧碰到了子路一人正在散步，便走上前去问道："你是孔子早期的弟子，听说你曾屡次弃官不做也要追随孔子，游学大半生，那么孔子究竟是一个怎样的人呢？"

子路听了迟疑起来，虽说在三千孔门弟子中，自己是唯一敢与夫子争执，甚至顶撞、发脾气的一个，夫子对自己也一向开诚布公，无所不谈。但若要全面而准确地回答叶公这个问题，的确是给他出了一个大难题，与其说得不得当，倒不如不说，他索性沉默不语。

叶公目不转睛地看着子路，希望能从他口中了解孔子到底是怎样的一个人，但见子路沉思良久，却始终闭口不答，便摇摇头走了。

晚饭后，子路一个人坐在庭院长廊处，默默地思考着这个问题，却一直找不到最合适的答案。

孔子见子路凝神冥思，这让孔子很是意外，因为子路是个性格粗鲁、头脑简单之人，很少会静下心来思考问题，便走上前去，"何事让你如此为难啊？"

子路如实地告诉了孔子。孔子听后，有些埋怨地说："仲由啊！你应该告诉他，我的为人就是发奋学习，废寝忘食；诲人不倦，乐而忘忧，就连自己老了都不知道。我不过是如此而已的一个人嘛！"

一天，孔子正同弟子在距负函三百余里的叶公的采邑——叶城小住观览时，一位侍者来报："夫子，楚王虽在病中，仍希望您能尽快赶赴楚国国都郢城，望夫子尽早起程。"

孔子听后，当即吩咐弟子们从叶城直接起程，让子贡先行到楚国国都拜见楚昭王。

孔子对楚昭王的一些作为也有所耳闻，楚昭王在得知吴国兴兵伐陈后，就亲自挂帅出征抗吴救陈。临战前，楚昭王占卜战争的吉凶为不吉，占卜退兵的吉凶也为不吉。楚昭王毅然决定，"战退皆为不吉，那只有拼死了。如果再让楚军失败，就不如直接战死。如果抛弃先君平王与陈国定下的盟约，不去援救，逃避仇人，还不如一死。既然都是一死，还不如死于战前敌手，更为豪迈！"

谁料，在行军途中，楚昭王突然病倒，占卜人说："是黄河之神在作祟，请国君祭河祛灾。"昭王拒绝说："三代规定的祭祀制度是祭祀不超过本国的河川。长江、汉水都是楚国的河川，福祸的到来，不会超越这些地方。我即使没有什么德行，也不至于得罪黄河之神啊！"楚昭王的一番话让原本打算祭祀河神的大夫们打消了这个念头。

没过几日，天空中飘浮着朵朵彩云，就像一群火红的飞鸟围绕着太阳飞翔，而且一连整整三日。楚昭王派人到洛邑请周太史占卜，询问吉凶。太史占卜后说："此为不吉之兆，恐怕要在君王身上应验！但并非不可消除，如若禳祭，可以转移至君王左右的大臣身上。"

大臣们闻此纷纷请求代国君承受不幸，但又被楚昭王拒绝了，并义正词严地说："这种做法就仿佛把腹心疾病去掉，放在四肢上一样，对我有什么好处呢？我没有重大过错，上天怎么会让我夭折呢？如因有罪而受到责罚，又岂能嫁祸于他人？"于是便没有举行禳祭。

楚昭王的这一举动，使全军深受感动，都愿为国为君效力，楚军上下一心，很快大破吴军，胜利回朝。

孔子对楚昭王反对无益的祭祀，不嫁祸于人的作法颇为赞许，"楚王深明大道。他没有丢掉国家，是有原因的！《夏书》上说：那位古代君王陶唐，遵行了天道纲常，占据这中土下方。现在走上了邪道，弄乱了治国大纲，于是便灭亡了。种瓜得瓜，种豆得豆。自己遵从天道，就足够了。"

得知孔子的弟子子贡已经先行来到国都郢城，楚昭王非常高兴，即刻令人准备了一辆装饰华美的车乘，准备赠送给孔子。

子贡知道后连忙说："端木赐代夫子谢过君上了，可是夫子不会用这辆车的。"

"为什么呢，这不正好符合孔老夫子的身份吗？"楚昭王问道。

子贡回答道："我跟随夫子多年，自然明白。"

"明白些什么，不妨说说看。"

"自从我跟随夫子以来，夫子言语间不离大道，行为从不违背仁义，以高尚的道德为贵，看轻荣华富贵，平日里也清素节俭。对于奢侈华丽的东西，视而不见，遇到靡靡之音，从来不听，所以我知道夫子一定不会用这驾车乘的。"

楚昭王笑着问："那他向往的又是什么呢？"

子贡如实说道："如今天下道德礼仪不行，夫子志在重塑礼仪之邦于天下，如果有仁君愿意行大道，夫子就算徒步上朝，也会辅佐他的，没有俸禄也无所谓。"

楚昭王不禁脱口赞道："这才是真正的仁臣啊，夫子能来楚国任职，是寡人和楚民之福啊。"并当即表示要重用孔子，子贡听了心里暗暗为孔子高兴。

第二天早朝，楚昭王公布了将要召孔子到楚国为政，并封给他七百社（一社是二十五户人家）的决定。但满朝的楚国贵族都表示不满，提出异议，他们害怕孔子到楚国执政会夺取政权。

这时楚国的令尹（宰相）子西站了出来，他是楚昭王的庶兄，他上前一步说道："君王，以卑臣之见，孔子确实是个不可多得的有才之士。不过他所主张的多是过去的东西，现在人们诉诸于武力，但他却一味提倡礼治，结果不被各国君侯所收留、重用。而且他周游列国到底出于什么目的，也无从知晓。据卑臣所知，他的弟子中人才济济，请问君王，在楚国的外交大臣中，有像子贡那样能言善辩的吗？"

楚昭王摇摇头。子西接着问："那在君王的令尹中，有赶得上颜回的吗？"

"没有。"

"君王的将帅中，有像仲由那样勇猛的吗？"

"没有。"

"君王的地方官吏中，有像宰予一样善于治理的吗？"

楚昭王又摇了摇头，问道："爱卿，这是何意啊？"

子西没有直接作答，"楚国最初受的封地有多大？"

"五十社。"楚昭王缓缓答道。

"这就是了，君上您现在却要给孔子七百社的封地，是不是太多了？更何况孔子他在政治上是有一套自己的主张和做法的，他想实现周公的事业，君上如果用了他，楚国的子孙还有安稳的日子过吗？当初周文王在丰，周武王在镐，丰镐之间不过百里之地，他们就凭借着一个小小的封地，自立为天子，世人都称他们为圣贤。如今，君上认为孔子是圣贤之人，给他如此大的一块封地，再加上他那些无所不能的弟子们的辅佐，楚国很快就将岌岌可危！"

楚昭王听完子西的一席话，惊出一身冷汗。

孔子一行到达楚国国都郢城后，子贡将拜见楚昭王的前后详情都告知孔子，孔子热切地盼望着楚昭王的召见，期待能被委以重任。可一等再等，在馆舍住了三个月有余，也未得到楚昭王的召见。

一天，他刚授课完毕，忽见使臣前来报信，楚昭王已经过世。孔子立刻带着弟子们去宫廷吊唁，但令尹子西和楚国的当权者对他们极为冷淡。

在回馆舍的路上，一个疯疯癫癫、身穿破衣烂衫的人从他们车旁经过，一边走一边唱："凤啊，凤啊，为什么这样狼狈？过去的就让它过去吧，未来的事情还可以挽回，算了吧，算了吧，现在当权的都是这些败类！"

这歌声像一把利剑，直戳孔子的内心，他知道这一定不是个凡人，赶快下了车，想同他谈谈自己烦闷的心事。谁知，那个人头也不回，健步如飞地走远了。

孔子独自站在那里，沉思良久，怅然若失，不由地感叹："既然作歌善意讥讽于我，却又不愿与我交谈，真是一个隐者啊！"

子路见孔子又感伤起来，劝慰道："这是个狂人，夫子不必理会！"

孔子重返车上，"他看似疯狂，实为怀才不遇，假装疯狂，实则避乱世，不是真的疯狂啊！"

马车继续前行了一段路，又见河边坐着一个身着蓑衣的渔人，斗笠遮盖了他的面容，此人看上去并非真正的垂钓者，他的手里没鱼竿，只是呆坐着，孔子正疑惑，欲上前看个究竟，不料那渔人唱了起来："沧浪的水清啊，我洗洗我的帽缨；沧浪的水浊啊，我洗洗我的脚！"

唱罢，便起身走远了，瞬间消失在他们的视线里。

此刻，在车上正襟危坐的孔子感到一阵阵寒意，细细回味这两位隐者所唱之歌，不正是在告诫自己应该归隐，别再做徒劳之事吗？告诫自己乱世居官从政的危险，应该收束。

这时的子路也感慨道，"我们师徒一行满心欢喜地来到楚国，没想到楚国的顽固贵族势力比任何国家都强大，看来这天下没有仁人君子从政之大道！"

　　孔子听到连一向勇猛无畏、心思粗放的子路都发出这样伤感的感叹，马上从自己的失落中缓过神来，"身处乱世，若不努力争取，尽到个人心力，那天下何时才能太平，百姓何时才能得到安宁呢？"

　　回到馆舍，孔子带领着他的弟子们毅然决然地离开了他曾经寄予厚望的楚国，怀着落寞的心情踏上了北返的道路。楚国国都城垣慢慢消失在远方，一行人也沉入广阔无际的原野之中……

二十五

不久，孔子一行人进入陈国，满目都是楚国征伐后的残破景象，空荡荡的城里，几堵破墙孤零零地残立着。

本打算稍做休息就离开这里继续北上，不料，孔子因旅途劳顿，积劳成疾，再加上年事已高，居然一病不起，连续昏迷了数日。

子贡请来了方圆百里的医师，可他们都束手无策，摇着头离开了。子路急得不知该如何是好，便虔诚地向神灵祈祷，保佑孔子能够早日恢复健康。

过了几天，孔子忽然清醒了些，得知此事，便问子路："听他们说我昏迷时，你向神灵祈祷了，有这回事吗？"

"是呀，夫子，有这事，我替您向天神地祇祈祷了。"

"哦，我早就祷告过了，可是，神灵在哪里呢？祈祷又有什么用呢？"孔子说完叹了口气，又缓缓地闭上了眼睛。

孔子的病情进一步恶化，整日昏迷不醒，脸色苍白，经常说出几句含糊不清的呓语，饭食不进，只能喂点稀汤。颜回等弟子们昼夜轮流守候在病榻两侧。

一天，颜回在给孔子喂汤药时，汤药居然顺着嘴角流了下来。颜回看到孔子连进药都困难了，不禁失声痛哭，他感觉孔子将要不久于人世。于是，伤心欲绝的子路便与其他师兄弟开始准备后事。

远行的一些弟子听到孔子病危的消息后，纷纷火速赶了回来，守护在孔子身边，暗自垂泪。

公良孺一家在陈国社交广泛，自从孔子卧床，便开始四处打听医师方士，终于从乡间请来了一位隐姓埋名的老医师，为孔子把脉诊治。

没想到，吃过五六服汤药后，孔子居然脱离了危险，脸色也慢慢好了起来，弟子们都转忧为喜，激动地围抱在一起喜极而泣。

调养了一段时间后，孔子的身体渐渐有所好转。

一天，卫国使者来到陈国拜见孔子，并传达卫君想请子路出任蒲邑大夫。

子路心里惦念孔子的病情，想要陪在他的身边，不愿赴任，但孔子鼓励子路赴卫。

临别那天，换上行装的子路与子羔、漆思弓等人向孔子辞行，孔子语重心长地对子路说："卫君请你去出任蒲邑大夫，我当然很高兴。但是，卫国政局很乱，'危邦不入，乱邦不居'，我实在不大放心你啊！"

"夫子，等到了蒲邑，我首先会建立起一支强大的军队，然后请夫子去当相国！"

孔子听子路这么一说，则再三嘱咐他："欲速则不达！为政不能急于求成啊！仲由，不要过于逞强，你这样在乱世中是很危险的。"

"夫子，那我应当如何施政才对呢？"

"你务必要做到三条：使粮食充足，使武备精良，使百姓信任君王。"

"万一不能都做到，哪一项可以去掉？"

"去掉军备。"

"必不得已要再去掉一项，可以去掉什么呢？"

"那就去掉粮食吧，自古以来人都有一死，但百姓不信任君王，国家就会灭亡了。"

"夫子，弟子知道了。我之所以急于求成，是希望早日实现夫子的仁政理想啊！"

"仲由，君子务本，本立而道生。你要记住：名不正，则言不顺；言不顺，则事不成；事不成，则礼乐不兴；礼乐不兴，则刑罚不中；刑罚不中，则民无所措手足！"

"夫子的教诲，仲由必终生不忘！"子路鼻子一酸，眼泪掉了下来，"夫子要多多保重，仲由告辞了。高柴、漆思弓，我们走吧。"

他们又与师兄弟们一一作别，"颜回，替我照顾好夫子！各位兄弟，告辞了。"曾点等回礼，依依相送。

孔子因为身体仍然虚弱，只能由颜回、曾点等搀扶着，倚在门框处，目送子路一行，忽然，心痛地叫了一声，"仲由！"

子路又返转回来，跑到孔子身边，"夫子？"

孔子泪眼迷蒙地望着子路，帮他把松脱了的帽缨结好，"执政者外正衣冠礼仪，内正品德心灵……"

孔子拍了拍漆思弓瘦弱的肩膀欲言又止，而后又呜咽地摆摆手，"要照顾好仲由！一路小心，保重。"漆思弓跪在地上，双手紧紧地抱住孔子的腿，失声痛哭……

终于，子路、子羔和漆思弓坐上了马车，渐渐远去。

孔子站在门外，满眼泪水地望别他们，他那一头白发在寒风的吹拂中尽显苍老与孤独……

送走子路之后，孔子越发少言寡语，常常独自一人到城外的树林或小河边散步，回来以后，也经常是一人静坐沉思，有时，眼角还隐约留有未擦去的泪痕。这期间他食欲不振，饭量大减；夜间常常辗转反侧，无法入眠，双眼布满了血丝；白天在阅览古籍时，也显得精神恍惚，心神不宁；也不像以往那样注重仪表了，甚至还穿起了素色的或缁色的裙裳。

弟子们私下里议论纷纷，都为孔子的身体健康而忧虑。

颜回看在眼里，痛在心中。一日，他又看到孔子独自一人在庭院里，盯着一棵百年老松若有所思，便轻步走来，试探地小声问道："夫子为何近日情绪低落，是身体欠安，还是家中有事？"

孔子仰天长叹道，"知我者，回也！"说着便以巾拭泪。

原来，孔子半月前接到噩耗，夫人亓官氏病逝了，儿子伯鱼身体欠佳，又因悲伤过度，也病倒了。孔子只能强忍悲痛，默默地苦泪暗咽。

颜回听此噩耗，顿时呆住了，师母待他犹如亲子，想起十几前年与师母在学舍一别，竟是永别，眼泪忍不住簌簌地流了下来。孔子叮嘱颜回："回啊！不要把这件事声张出去，以免大家情绪波动，影响学业。"说完，他转过身来，又看着那棵古松，陷入了痛苦之中，他有一肚子的话要对夫人讲，可是现在却不能够了……

二十六

冉求归鲁后，正如孔子所言，得到了季氏的重用，被委任为季氏总管。

公元前484年，孔子六十八岁。

齐国经过一番准备，再次兴师伐鲁，齐大夫国书等人率大军直抵齐鲁边境的清地（今山东长清东南）。

这时的国都曲阜草木皆兵，军民诚惶诚恐，已大权独揽的季孙肥急忙找来冉求商议。

季孙肥气急败坏地说道："今齐师已达清地，必来伐鲁，冉求，依你之见，该如何是好？"

冉求沉着应对："齐师来犯，奋力抵御即可，冢宰不必惊慌。"

"但不知该如何抵御呢？"

"倾全国之力，国君亲征，到国境与齐人决一死战，军民齐心，同仇敌忾，必然大获全胜。"冉求信心满满。

季孙肥一听，连连摇头："不行，不行，叔孙、孟孙二人恐不愿出兵啊，此议难行！"

冉求沉思了片刻说："那就在境内近郊抵御，关门打狗。"

季孙肥又为难地摇摇头，"此等大事非我一人所能决定，待我与他们两家协商后再议。"

谁料，叔孙、孟孙二人得知冉求的对策后，都不同意。

季孙肥又找到冉求，气愤地说："大敌压境，危及社稷，二氏竟然都不肯抵抗，居心何在啊？"

冉求笑着说："孟孙氏、叔孙氏两家不肯出兵，情有可原。"

"此话怎讲？"季孙肥不解其意。

"因为国家政权全部掌握在季氏手中，出师御敌，胜则冢宰之功，败则冢宰之罪，与他们二家无关，所以他们当然不会如冢宰一般心急如焚，冒险于刀光剑影之间。"

"那该怎么办呢？总不能坐以待毙啊？"季孙肥双手一摊。

"他们两位可以袖手旁观，可冢宰却不行，齐人伐鲁而不迎战，是冢宰的耻辱，您将不能扬名于诸侯了。"

"只有我一家出战，岂不以卵击石，覆巢之下安有完卵啊！"

冉求有条不紊地道："鲁国卿大夫各家的总兵车比入侵的齐国战车都要多，即使冢宰一家的战车也比齐国战车多，您还有什么可担心的呢？他们两家既然不同意，国君就不必御驾亲征了。只需冢宰一家背城一战，即可获胜。"

"好，那我以你为统帅，待退齐之后，我与家父必将重谢，不知将军还有何请求？"季孙肥终于松了一口气。

"既以我为统帅，还需令樊迟为副将。"

季孙肥有些犹豫，"樊迟？他是不是太过年轻，恐难当此任啊！"

"樊迟虽然年轻，却有勇有谋，战事重在令行禁止，这一点樊迟他做得很好。"

"好，一切就依将军所言，我立刻奏请国君。"

孔子

　　季孙肥带着冉求进宫，他让冉求在宫外等候着，自己上朝觐见鲁哀公。

　　这时，叔孙氏和孟孙氏走了过来，叔孙氏趾高气扬地问："冉求，听说你被季氏任命为将军，统率全军，可有此事呀？"

　　冉求并不看他，冷笑道："君子有远虑，小人何知？"

　　在一旁的孟孙氏听后，大受刺激，快步走到冉求面前，继续发问，可冉求却只是旁若无人地望着远方，对他不理不睬。孟孙氏被气得满脸通红，质问道："冉求，我问你话，你为何不答？"

　　冉求又冷笑一声，"小人虑材而言，量力而共者也。你所问的问题已经超出了你的能力范围，故而不答。"

　　孟孙氏被羞得语不成言，"你，你竟敢嘲笑于我，说我不是大丈夫！"

　　"如果你是大丈夫，就请率右军，随求之后，共御齐师，否则难成丈夫也！"

　　冉求的这一激将法，果然管用，孟孙氏当即回去整顿甲士，组成右军。

　　齐鲁双方在郊外作战，一身铠甲的冉求和樊迟威风凛凛地立于战车之上，冉求令樊迟发起进攻，将士涉河与齐军拼杀。但战车行至水中，竟然无法过河。樊迟对着冉求高声喊道："将士不前，非不能也，是不信也。请你三次申明号令，然后身先士卒，带头过河，谁敢不前！"

　　冉求按樊迟所言，将士们都纷纷跃入滔滔河水中，怒吼着杀入敌群。双方奔腾的战车迎面相撞，士兵相互厮拼。长矛所到之处，人仰马翻，鲁军所向披靡，齐军溃不成军，弃甲而逃。

　　季孙肥站在城头观战，对冉求用步兵执长矛战胜齐军这一出其不意的打法连连称绝。很快，冉求就在凯旋的鼓声中班师回朝。鲁哀公闻讯，喜上眉梢，命令举国上下庆贺胜利，并责令季孙肥亲自部署犒赏三军。

　　在庆功宴上，季孙肥笑容可掬地频频向冉求、樊迟举杯敬酒，说道："孔门无将才，你的战术难道是无师而自通？"

　　听季孙肥这么一问，冉求和樊迟脸上的笑容即刻消失了，冉求放下酒杯，正色道："冢宰，此言差矣！如若孔门无将才，我被任命为将军，又是何故呢？我们的本领都是从夫子那里学来的。夫子上知天文、下识地理，知古达今，礼、乐、射、御、书、数六艺样样精通，他有着超人的智慧和本领，只可惜无人能理解他，也因此始终没有受到重用。"

　　"孔子到底是怎样的一个人呢？"季孙肥问道。

　　"如果您想任用他，就要有正大光明的名分，向天下公布。否则即使有千社这么大的地方给他，夫子也是决不会接受的。"季孙肥听了点了点头，没有再说什么。

　　庆功宴结束后，季孙肥带领战将冉求走至季孙斯的病榻前。

　　冉求深深一揖，"拜见大司徒。"

　　季孙肥俯在季孙斯耳边轻声说道："父亲，冉将军不负众望，这一战大败齐军！齐军都已撤回了边境！"

　　季孙斯已经快到了生命的尽头，他闭着双眼，嘴角微微上扬，微弱地说道："……我，我不会亏待你的……我要请君上把汶上三田赏……赏给你管！"

孔子

"大司徒，小人不要汶上三田，小人只有一个请求。"冉求的口气坚定而决绝。

季孙斯慢慢睁开了眼睛，"请，请说……"

冉求此时再也无法控制自己的情绪，他扑通一声跪倒在地，潜然泪下。他想起了孔子在他归鲁前的预言："此番归鲁，定然大用，非小用也。"在他的耳畔又响起孔子送别他时那凄凉、深沉的声音，"回去吧，该回去了……"他的眼前闪现出孔子不断向他挥手告别时那高大、苍老的身影……

冉求泣不成声地说："小人的恩师孔子，这些年一直在各国传授学说，颠沛流离，可是他时时刻刻不在思念着鲁国，近日听说又重病于陈，小人恳请大司徒派人请恩师回鲁国吧！"

二十七

在陈国调养了一段时日，孔子的身体已无大碍。这一日，孔子给学生们授完课，他感到疲倦且失落，近日来对鲁国安危的惦念之情日渐强烈。他决定启程离开陈国，继续北上……

时至隆冬，孔子一行人的车乘慢慢地蠕动着，在结着厚冰的湖面上由远而近。马嘴里不断地喷出白气，四蹄矫健地叩击着冰面，一辆接一辆的车乘在驰骋。孔子须发全白，他躺在车上，盖着被褥，仰望苍穹。

一辆载人的车乘从他身边走过，又一辆载着简册的车乘越他而去，满车的简册在颠簸中发出清脆的声响。

颜回驾着装满简策的车，跟随在孔子车乘后面。冰面承受不住车轮的压力，裂开一道道深纹。

走在最前面的子贡突然一怔，他听到了一阵冰裂声，立刻警觉地向前看去，一道宽大的裂缝由近及远迅速延伸开来，他大叫一声："不好！冰裂了！冰裂了——快走！"子贡扬起马鞭猛抽，马车疾驰而过。

几辆车乘听到喊声，马上加速，都想尽快离开这片冰裂的湖面，可这反倒加快了冰裂的速度，巨大的裂纹沿冰面紧追车乘而来。终于，传来了惊天动地的冰崩声。冰块四蹦，黑水翻腾，一时之间马嘶

孔子

人叫，颜回瞬间栽落水中。

紧接着，一辆拉简册的车乘如倾倒一般坠入冰水之中，辕马在水中不断挣扎，但很快便沉没了。无数简册不断落入水中，水面泛起了阵阵水泡。

孔子见颜回落入水中，强撑着从车上蹒跚地起身走了下来，未等弟子们上前搀扶，就一路踉跄着，大喊着颜回的名字向冰裂处走去，"回！你在哪里啊？回，你在哪里啊？"一不小心，脚下一滑，孔子摔倒在冰面上，但他依然奋力地向前爬着，喊着颜回的名字，"回——你在哪里——回！"子贡赶忙上前扶起孔子。

孔子撕心裂肺般地高喊着："快救人！快救人！"

人们涌向冰窟窿，冰裂声再次响起，众人都纷纷站住，惊喊着："颜回，你在哪里——"

只见颜回从水中露出头来，他奋力地将捞上来的简策扔向冰面。然后转身又钻入水中。他一次次地抓住简册，回游上来，扔向冰面。水淋淋的简册在冰面上越堆越高。

岸上的弟子们手忙脚乱地抢救简策。又一次返回水面的颜回脸色已经青白，嘴唇黑紫，可他似乎并没有感觉到冷……

孔子趴在岸边，不停地用拳头捶打着冰面，"颜回！你给我上来！你给我上来！"他已经泣不成声。

水中的颜回仿佛没有听见，再一次潜入水下，不知疲倦地在捞，在捞，一直在捞……

孔子的嗓子已经哭喊得嘶哑了，他的声音越来越小，"颜回，回……回……我不要了……我什么都不要了……"

不知过了多久，冰面上已经摞起了高高一堆简策，颜回在水中怀抱着简策，抬头对着天空，终于失去了知觉，留下的只有僵化在嘴角的一丝淡淡的笑意。

弟子们捞起冻僵了的颜回，把他抱到附近的一个草屋之内。

孔子一把推开众弟子，紧紧地抱着颜回。没有热水，他就把自己的绵衣脱下来裹在颜回身上，试图用自己的体温来温暖他，"回！回——"孔子喃喃地低声呼唤着颜回。

子贡他们都清楚颜回已经返魂无术了，"夫子，夫子……"

孔子什么也听不到，还在吩咐，"快去，姜汤，快！我要喂颜回喝……"

风雪呼呼地吹打着这间破旧的茅草屋，火盆烧的炭木不断地爆出星火。篝火映红了孔子和颜回惨白的脸，孔子将颜回紧紧地抱在怀里，一刻也不肯松开，嘴里一直在默念着什么……

曾点和子贡端着打开的肉酱瓦罐子，把面饼、陶碗轻放在孔子的身边。子贡抽噎着说："夫子，已经四个时辰了……颜回，他，他不会活过来了……"

"是呀，夫子，您的身体刚刚有所好转……求求您，就多少吃点东西吧！"曾点泪流满面地向孔子哀求着。

孔子根本无心进食，依然一动不动抱着颜回，陷入深深地哀悼之中，恍惚之间，孔子仿佛又看到颜回在四面漏风的茅草屋或专心读《诗》诵《礼》，操琴而歌，饿了他就啃一口冻裂的干粮，渴了就喝一口结着冰碴的冷水，可他却依然能够整日怡然自得，毫无烦恼。颜回有着宰相之才，可他却终生没有出仕，一直陪伴在自己的身边……

孔子不敢再想下去，他把颜回的尸体放平，站起身看到一旁那些颜回用命换回的简策，低着头痛苦地嗫嚅着："斯人也……而有斯命！斯人也，而有斯命！"说着又扑到颜回身上放声痛哭，边哭边晃动着他的尸体，哭诉着："围于匡时，你曾对我说过：'夫子健在，大事未成，回怎么敢死呢！'如今为师尚在，你怎么能自食其言，弃师而去呢？"

一旁的曾点赶忙扶起孔子，子贡招呼后面的几个弟子走进屋里，帮助他把颜回的尸体抬了出去。

孔子朝弟子们摆了摆手，"你们都出去吧！"

子贡赶忙走出屋去，小心翼翼地将屋门关上，他倚靠在门边，听到屋里传来孔子的阵阵哀哭之声，自己也抑制不住地泪流满面……

"夫子！夫子……"子夏匆匆忙忙跑了进来，"夫子！高柴和漆思弓从卫国回来了！"

屋门开了，孔子焦急地站在门前，脸上闪过一丝不祥，"仲由呢？"子夏摇摇头，茫然地说："不知道……"孔子颤抖地迎了上去。

弟子们围着子羔和漆思弓走进屋子，孔子看到他们受了伤，满身的血迹还未干透，不禁倒吸一口冷气，心在猛烈地颤抖着！

疲惫至极的子羔和漆思弓见到孔子，瞬间倒在地上，子羔因失血过多，昏了过去，曾点和其他弟子赶忙把子羔抱到床上。

漆思弓匍匐着爬到孔子脚下，满脸泪水，"夫子，子路，子路大哥……他战死了……"话未说完，便开始嚎啕大哭。

孔子有如被雷击一般，脑中一片空白！他忽然扬起双手，哀怨地哭喊着："天丧予！天丧予！"

漆思弓跪在地上回忆着这段痛苦的经历，"卫国大乱了，阳虎带着流亡的太子从晋国杀过来，只有子路大哥挺身而出保护幼小的卫君，挥长剑砍杀来犯者，有以一敌百之勇！他为了保护新君，身中数剑，血流如注……他的帽子被剑刺中，缨绳崩断了，冠帽也坠落在地……但子路大哥在临死前，跪在地上，将冠帽捡起来，弹去了上边的泥土和灰尘，端端正正戴在头上，又不慌不忙地将缨绳结好，正了正，泰然自若地说：'我的夫子有教，君子就是死，冠帽也要戴得堂堂正正！'话刚讲完，敌人的剑、斧纷纷砍来！子路大哥倒了下去，他躺在血泊里，脸上却挂着平静的微笑……"

漆思弓已哭得声音嘶哑，"子路大哥都已经战死了，可卫国的叛贼还不肯放过他，把子路大哥剁成了肉酱！"

孔子只感觉五雷轰顶一般。屋外听闻子路噩耗的弟子们一齐痛哭失声。

过了许久，孔子这一刻，反而忍泪端坐，"好，好！子路死得像个男子汉，无愧于真君子！"

风雪稍停，又有马车冲至，是季孙肥和冉求。季孙肥对孔子深施一礼，递上了玉环，"这是家父给夫子的。"

孔子看了看玉环，嘴角稍稍抽动了一下。

季孙肥突然跪倒在地，"孔大人，家父他……他快不行了！"说着，掩面而泣。

冉求冲进屋里，对孔子行礼，"夫子！总算找到您了！"

"冉求，你也来了？"

"夫子，我……"季孙肥示意冉求继续说下去，"哦，夫子，季孙斯大人重病，已多年不理朝政，如今恐时日不多了。他早已反省，觉得当年驱走夫子是大错！所以派公子前来请夫子回国，还说要当面向夫子谢罪。夫子，这些都是真的，为了鲁国的未来，回去吧！夫子——"

孔子

孔子拿起玉环又看了看，喃喃自语道："环者，归还也。"

子贡进到屋内，见孔子端坐着，但却毫无知觉一般。曾点低声地抽泣着，草屋内除了偶尔能听到的一丝轻微的抽泣声外，只剩下死一样的寂静。

子贡轻轻地走近孔子，"夫子？夫子？"

孔子拿着玉环看，仿佛没有听到子贡的叫声。

子贡悄然跪在孔子面前，颤抖着声音说道："夫子，我们终于可以回国了——"

孔子任由强抑不住的泪水顺腮流下，浸湿了他苍白的胡须，他缓缓起身拄杖，慢慢地扭过脸，泪流满面地对众弟子说："你们收拾一下，我们准备回国吧。"

众弟子泪流满面，"我们可以回家了！我们终于可以回鲁国了！夫子说了，我们可以回鲁国了！"

在鲁国国都曲阜城上，舆抬上的季孙斯已奄奄一息。他吃力地看着城下的那条路，没有人迹，只有轻微的风沙……半晌，他有气无力地问道："孔夫子还没有回来？"

季孙肥站立在一旁轻声地说："哦，父亲，应该快到了。"

"唉……他不会原谅我了……我等不到他了！"季孙斯再看看城下的大路，他气若游丝地叹了口气，"……噢，孔夫子！鲁国！……"

在这样的喃喃自语中，季孙斯溘然逝去。随之而来的是一片嘈杂的脚步声，远处传来哀报之声，"大司徒升天了！"这声音随同那只鹰在天空中盘旋着，渐行渐远……

城墙下的那条长路上，烟尘逐渐升起，孔子一行的车队浩浩荡荡地回来了。孔子如往常一样，正襟危坐在马车上，眼神中透出一丝激动与渴望，还有一份淡定与自若。冉求为御，身后竟然跟随着千人以上……

城楼之下，城内的老百姓浩浩荡荡地出城挥泪迎接孔子。

孔子下了车，拄着拐杖，热泪盈眶地走向城门，忽然他扔掉了拐杖，向城门稽首大拜，"……鲁国，我的父母之邦，我们终于回来了！"

这一年是公元前484年，鲁哀公十一年，孔子周游列国十四年后，重新站在鲁国的土地上，遥看双脚走出的一个轮回，他的眼神迷茫而又苍凉。

归鲁

二十八

　　一轮明月挂在苍茫的空中，柔和的月光拉长了孔子的背影，那背影单薄了许多。他独自一人在杏坛徘徊，百感交集，周游列国的十四年，每每看到银杏树，都会勾起他强烈的思乡之情，现在终于回来了。这些当年的小树苗如今都已长大，孔子情不自禁地抬起手抚摸着一棵棵已经成材的银杏树，深情地自语道："这里才是我的根啊！"

　　孔鲤抱着一件外套走了过来，孔子的孙子子思紧跟其后。孔鲤把外套披在孔子身上，"父亲，夜深了，回屋休息吧。"孔子走上了学坛，沉默不语。

　　"祖父，您一路奔波劳顿，应该早些休息。"子思见孔子没有说话，又体贴地说道。这稚嫩的声音让孔子不忍拒绝。

　　此次归鲁，最让孔子欣慰的就是子思，他眉清目秀，忽闪有神的眼睛笑起来就像弯弯的月牙，而且他聪明颖悟，远远超过了他的父亲，他年纪不大，已能通晓"六艺"。看到自己倾注一生精力而奔波的事业后继有人，孔子打心底里感到快慰和喜悦。

　　"是呀，天色不早了，我们也该回去休息了。"孔子喃喃自语着。

　　孔鲤搀扶着孔子，子思牵着祖父的手，三个人消失在月色之中……

179

孔子

　　第二天一早，冉求就赶到孔子学舍，他要陪同孔子一起去拜见季孙肥与鲁哀公。孔子听闻冉求在对齐作战中立下汗马功劳，心中很是高兴，他的确是自己众多弟子中最多才多艺的一位。但孔子对冉求却一直有着一丝忧虑：季孙肥腐朽、奢靡，僭越行径日甚一日，而冉求作为季氏总管，又颇得季孙肥的赏识与重用，会不会近朱者赤、近墨者黑呢？于是孔子有意问冉求："求啊，我离开鲁国已有十四年之久，对国家目前的情况不甚了解，我应该首先拜见谁呢？"

　　冉求脱口而出，"季氏在国君面前力荐夫子，又专程礼聘夫子归鲁，而且鲁国大权尽在他的掌控之中，夫子自然应该首先拜见……"

　　孔子不等冉求把话说完，问道："难道国君不想见我吗？"

　　"那倒不是，只是夫子此次能回到家乡，全仰仗季氏力主，而且季家宰礼贤下士，今日一早便叮嘱我过来请夫子到府上相见。"

　　"话虽这样说，但我仍要先行拜谢君上。君臣父子，岂容越格！我定不能废弃礼制，不拜国君而先见上卿！"孔子稍显愤怒之色，但他内心深知冉求是在为他归鲁后的处境着想，而且鲁国之所以能请自己重返故土，很大原因是因为自己的诸多弟子在抗齐之中的卓越战功。

　　冉求听到孔子如此固执的言辞，为难地摇摇头，一时语塞，"这……"他不知该如何应对，心中又不由地暗暗一颤，"唉，夫子还是这般拘泥于古礼，只恐归鲁后依然不得其志啊！"

　　孔子执意要先行拜见国君，冉求只得驾车，共赴鲁宫。

　　鲁哀公同他父亲一样，在季孙肥的监控、重压之下，诚惶诚恐、惴惴不安地度日，不敢有一丝一毫独立的举动，唯恐得罪季氏而重蹈昭公的覆辙。他只希望能够像父亲一样，平平安安终其一生，别无所求。此次鲁哀公虽然同意季孙肥礼聘孔子归国，却从没想过要对孔子委以重任，使其效力祖国。

"君上，孔夫子请见！"侍者报告道。鲁哀公做梦也没有想到孔子会第一个来拜见自己，大喜过望，禁不住对侍者说道："闻名天下的孔丘向寡人顶礼膜拜真是一件令人显耀的事情啊！不是吗？"

侍者愣愣地望着鲁哀公。

"还不快请孔丘进来！"鲁哀公一边说，一边正了正自己的冕冠。

孔子走进殿堂，行君臣之礼，跪拜于台阶前。

鲁哀公已经很久没有受到如此尊重了，心中自然十分高兴，赶紧说："快快平身，夫子不必拘礼！"说着立刻起身走到台阶前亲自迎接孔子，随即又回头吩咐侍者，"快快将刚刚送进宫的新鲜桃子呈上来！"

侍者趋步呈上一个盘子，只见那盘中盛放着状如枣、颜色鲜亮的水果，孔子一眼便认出这是罕见而珍贵的桃中奇品——冬桃，可这盘鲜桃旁，还摆放着一盘新鲜的黍子。他心中暗自疑惑：鲁哀公说是请我吃桃子，这盘黍子想必是用来擦洗冬桃的，可依照周礼，黍子为五谷之尊，岂能……想着，便拿起黍子吃了起来。

正吃着，孔子发现一旁的侍者们，就连鲁哀公本人都在止不住地窃笑。孔子诧异地问道："微臣有何可笑？"

鲁哀公强忍住笑，解释道："这黍子并非吃的，而是用来洗桃子的。"

孔子听后正色道："君上，我并非不知啊。但黍为五谷尊者，是祭天地及宗庙的上品，而桃子是上祭台果品中的最下一等，祭祀时从来不用。用尊贵的东西去擦拭低贱的东西，是君子所不为的。今天用五谷之长的黍子去擦拭低贱的桃子，臣以为这是违背周礼的，应当禁止。"

　　鲁哀公听罢，面露尴尬之色，心想：这等极品冬桃，寡人看在你的面子上才奉送几枚，你居然如此迂腐，还拿周礼来教育我。鲁哀公心中有些不悦。

　　按照当时的惯例，国君见了贤者是要向其问政的，请教治国之道。孔子吃完桃子后，毕恭毕敬地等待着鲁哀公向自己问政。

　　一阵尴尬的沉默过后，鲁哀公礼节性地问道："请教夫子，如何执政？"

　　"执政就是要使人民富裕长寿。"

　　鲁哀公并没有思考，接着问道："可是该如何做呢？"

　　"减轻赋税，少敛钱财，百姓就会富足；不出事端就不会有犯罪，不犯罪百姓就不会受刑罚；不受刑罚，生活就能安乐，百姓就能长寿。"

　　"哦，可是如果真这样做，寡人就会贫困了。"

　　"《诗》中有云：'恺悌君子，民之父母。'丘从来没有听说过，有其子富而父母贫穷的事情发生。"

　　鲁哀公回味着孔子的话，忽然感到一种无形的压力迎面而来，孔丘心心念念为百姓，却没有一丝一毫是为寡人着想。鲁哀公有些不高兴，继续问道："请问夫子，怎样做才能让百姓顺从？"

　　"回君上，把正直贤人提拔到邪恶者之上，百姓就会顺从；把邪恶者提拔到正直贤人之上，百姓自然就不会顺从。"

　　"那么，何为正直贤人呢？"

　　"见利而思义，见危而献身，安贫而乐道，爱民而守信者，是为正直贤人。"

"说得好！说得好！"孔子话音刚落，鲁哀公便大声赞颂起来，随即又自言自语般地说道："只是夫子所言正直贤人，天下无几啊！"一边说，一边把玩起手中的一串玉珠，不再言语。

孔子看出鲁哀公并无多少政事要问，且有意早早结束问政，只好起身告退。

鲁哀公一见孔子要走，客气地说："夫子今后可常进宫指教，寡人封夫子为大夫，尊为国老。"

孔子谢恩，出了鲁宫。

冉求驾车载着孔子来到季府。

季孙肥早已站在门前恭候，见冉求搀扶着孔子下车，赶忙快步走下台阶，深施一礼说："夫子远道而来，本当登门拜见，怎敢劳夫子大驾，还望恕罪。"

孔子还礼："丘老矣，何德何能，劳冢宰如此这般礼遇。"

"夫子乃三朝元老，国君都尊为国老，小人礼当如此。"

孔子心中一惊，他刚刚与鲁哀公的一席话，现在季孙肥已悉数全知。瞬间他体会到了鲁哀公的处境。

孔子想起冉求的话，施礼说道："冢宰曾远道奉上玉环，迎丘归国，结束了丘十四年在外漂泊的流浪生活，得以落叶归根，理应先行拜谢冢宰，可丘不敢越礼，故先拜见君上，后谢冢宰，还望见谅！"

"夫子何出此言哪，为人臣者，理当如此！"季孙肥携同孔子肩并肩，一起走入久违了的议事堂。孔子目睹眼前这熟悉的景致，难免又回想起曾经的是是非非，曲曲折折……

季孙肥更想借助孔子和孔门弟子们的博学多才，文韬武略，进一步掌控鲁国的政权，所以有很多问题想求教于孔子，于是便问："请问夫子，怎样才能治理好政事呢？"

孔子笑着说："政就是端正，执政者要首先端正自己，而后方可端正别人。身正而后一家正，一家正而后九族正、百官正，百官正而后万民无不正。"

"夫子所言极是，只是当今的鲁国民不聊生，怨声载道，盗匪群起。现在我府上居然也常有盗贼出没，昨日我的一件珍贵器物就不知被何人盗走，目前还在四处查找。"

孔子想到季孙肥贪婪成性，无休止地榨取民脂民膏，毫不留情地直接说道："假如冢宰不贪求太多的财物，就算是奖励偷盗，他们也决不会去干这等勾当。"

季孙肥一听孔子在指责自己，面露不悦，正在这时，一个家臣来报，"冢宰，昨日偷盗器物的人已经被抓住了，是府上的一个乡甲。"

季孙肥连眼皮都不抬一下，不耐烦地一挥手，"拉出去砍了！"

孔子一听要砍头，大为震惊，连忙一揖，"请冢宰刀下留人，看在我的薄面上饶他不死吧！"

季孙肥皱起了眉头，"我杀掉无道者，亲近有道者，这不正是夫子常说的君子之举吗？"

"冢宰治理国政，为什么一定要用杀人的办法呢？只要想把国家治理好，百姓就会好起来。执政者的作为就像风，百姓的行为就像草，草随风倒，这个道理妇孺皆知，冢宰应该明白啊，所以埋怨百姓是错误的，问题还是出在执政者身上……"

孔子侃侃而谈，季孙肥已经是满脸的怒气。站在一旁的冉求低着头，两手紧握，手心冒汗，额头上也渗出了汗水，心里只祈求孔子能够顺从季孙肥说几句，可他深知孔子从来不会阿谀奉承，更不会讨人欢心，冉求现在能做的只有为孔子默默祈祷。

季孙肥怒气冲冲地走了出去，孔子担心那个乡甲的性命不保，随后也跟了出去。

院子里，偷盗的乡甲哆哆嗦嗦地跪在地上，见季孙肥走了过来，磕头如捣蒜，"小人母亲重病，不得已而为之，请宗主开恩啊……"

"好吧！既然孔夫子已经开口替你求情，我就饶你不死。"季孙肥仰着头，背对乡甲缓缓说道。乡甲长出了一口气，不停地磕头谢罪。孔子也如释重负。

突然，季孙肥一转身，拔出腰间的佩剑，挥剑斩去了乡甲的右手——顿时血光四溅。"但是——死罪可免，活罪难饶。"季孙肥一边收起剑，一边说道。不远处，那只被砍断的手正汩汩地冒着鲜血。

孔子惊呆了，乡甲趴在地上痛苦地惨叫着，家臣们也都吓得瞠目结舌。

"我生平最恨吃里爬外之人，快滚，滚出季府，永世不得再回曲阜！"季孙肥声调并不高，却说得咬牙切齿，让人不寒而栗。

家臣们赶紧将乡甲拖出府邸，十几个仆人战战兢兢地开始冲洗院子。

孔子从震惊中缓过神来，愤怒地向季孙肥一揖，"孔丘告辞了。"

冉求拽了拽孔子的衣袖，小声说道："夫子啊！"

孔子狠狠地回头瞪了冉求一眼。

季孙肥并不想得罪孔子，今天只是想给孔子敲敲警钟，让他认清形势。季孙肥本想到此为止，但转念一想，现在鲁国势单力薄的鲁哀公并不足惧，千万百姓却让自己惶恐不安，怎样能使百姓服从政令，认真办事而又能不生事端，才是自己日思夜想却不得其解的问题。

想到这，他立刻转怒为喜，"夫子稍等。"随即，又和颜悦色地向孔子问道："敢问夫子，你所倡导的实行仁治德政，莫非不要刑罚了吗？可如果盗贼横行，逆民暴乱，不施刑罚，又该怎样治理呢？"

孔子见季孙肥所问关乎民生，强忍心中怒火，开解道："我所倡导的以仁教化民众，以德治理天下，是以道德来引导，并非废除刑罚。治国，应当宽猛相济，政事宽大则百姓怠慢，怠慢就以严厉来纠正。严厉则会使百姓伤残，伤残就实行宽大。用宽大调剂严厉，用严厉调剂宽大，政事会因此而和谐。"

季孙肥频频点头，又问："那怎样做才能使人民严肃认真，尽心竭力效忠于国家，彼此之间相互勉励呢？"

"只要执政者严肃认真地对待百姓的事情，他们就会严肃认真地对待国家政令；只要执政者能做到孝亲敬长，尊老爱幼，他们就会尽心竭力效忠于国家；只要执政者提拔贤人，教育弱者，他们就会互相勉励。"

季孙肥听罢，敬佩之心油然而生，"夫子果然是举世之圣贤，今日一席话，让我如沐春风，受益匪浅，肥他日定会亲自前往府上拜会。"

冉求心中的一块石头终于落地了。

冉求驾着马车送孔子回府休息，一路上孔子再也没说一句话。

二十九

孔子归鲁不久,杏坛逐渐恢复了十四年前门庭若市的盛况,听孔子讲学的人数也增多起来。

一天,日落西山,孔子对弟子们说:"自明天起,除了日常教学以外,我们还要抓紧时间整理编定《诗》、《书》、《礼》、《乐》、《易》和《春秋》。人的一生太短暂,只有文献典籍可以永世长存。今世不用,后世必有用我者!"他指着满屋子堆积如山的竹简,目光中透着坚定,"这才是普天下最大的财富,才是人世最永恒的根基。"

这时,冉求带着仆人,提着蔬果走到孔子身后,轻声叫道:"夫子!"

孔子回头看了看他,"哦,你来了!进屋吧。"屋内的众弟子闻声也迎了出来,聚集在学舍内。

孔子站在窗前,背对着冉求,冷冷地说:"冉求,你有好久不来杏坛了,今天怎么这么晚才来?"

冉求一如继往的恭敬,"夫子,弟子政事太忙,实在是脱不开身啊!此次前来正有要事与夫子商量。"

孔子扭头看了他一眼,带着极少有的讽刺口吻说:"嗯!你要是不忙,何以能帮助季氏把钱财聚敛得与日俱增,仓廪又怎能日渐丰盈呢?"

孔子

冉求一时摸不着头脑，"弟子不明白夫子的意思。"

孔子的脸色陡然一变，"你到城外去看看，现在的男女老少哪个不是衣衫褴褛、面如土色、愁眉不展？鲁国的税赋本来就已经很重了，现在居然还要连续加赋。你是季氏大管家，这样做，让百姓何以为生？！"

听孔子一说，冉求想起了来时路上的一幕。他路过了一个米市，那里冷冷清清，少有的几个乡亲也是徘徊在米市的周围，却不敢走近。一个中年男子一边敲着锣，一边大声吆喝着："众位乡亲听着，宰府总管冉将军有令，从今以后，改丘赋为田赋，税收增加一倍，每家要按时、按量上缴，违令者严惩不贷！"

想到这些，冉求一时无语，只好为难地说："我也认为将过去的每年出一匹马、三头牛改为现在将田地与财产分开，各为一赋，有些不妥，这样一来季氏的收入倒是增加了，但却加重了百姓的负担。可冢宰非要如此执行，他认为夫子是国老，如果有您的支持，政策实行起来就会容易很多，所以让我前来与夫子商议，看看您有什么高见。"

孔子一脸不屑地说："你们不是都已经实施了吗？怎么还来问我？我不是富贵人家，不懂得田赋，对你所说之事也一窍不通。"

冉求颇感为难，沉思了片刻，鼓足勇气说："夫子曾经担任过鲁国大司寇，颇有治国之道，能使万物各得其所生之宜，让百姓人人有恒产而无贫富不均。怎么能说对此事一窍不通呢？如今夫子身为国老，却对国家政事一言不发，这是何故呢？"

看着冉求为难的表情，孔子心有不忍：唉！冉求毕竟是我的弟子，还是应该多多开导他，不能让他误入歧途啊！

孔子徐徐说道："君子应该按礼而行政，对百姓应多施予。办事应适得其中，收取百姓的要少些。实行了'田赋'，不但百姓无法负担，收取者还会感到不满足，这又该如何是好？既然想要随意收取赋税，又何必来征求我的意见呢？"

冉求低着头，委屈地说："这些，我都已经说过了，但季孙肥并不听我的。他不但要加赋，还要攻打颛臾。"

孔子听到要攻打颛臾，刚刚强压下去的怒火一下子又奔腾而出，"冉求啊，这难道不是你的过失吗？当初先王曾授权颛臾主持东蒙山的祭祀，而且它处在鲁国的疆域之内，这正是与鲁国安危共存的藩属之地，为什么要去攻打它呢？"

冉求无可奈何地解释道："夫子，为人家臣，受人之命，我本来是不同意的，但又有什么办法呢？"

孔子的脸色愈发难看了，严厉地对冉求说："求！你是季氏两代家臣，季孙肥把你当作心腹，你又对季氏立有大功。既然你在这个位子上，就应该尽心尽力施展自己的才能；如果在其位不谋其政，理应辞职退位。如果老虎犀牛从栅栏里逃了出来，龟甲美玉在匣子里毁坏了，这难道不是看管的人失职吗？你难辞其咎！"

孔子说完，只低着头翻开竹简，不再搭理冉求，学舍里的空气仿佛要凝固了一般。

冉求见孔子已经动怒，更想解释清楚，"季孙肥认为颛臾地处东蒙山下，邻近多山，虽然城墙固若金汤，但经常有盗贼出没，许多富贵人家总是遭遇盗抢，无法安枕，而且颛臾距离季氏的费邑只有五六十里路程，如果现在不把它夺取过来，日后必为子孙祸患。"

孔子听到冉求还在为贪欲找借口，义愤填膺地大声喝道："求！你已经不打自招了，讨伐颛臾本来就是为了私室，你还说你未曾参与。就算这是季孙肥的主意，但你应该有自己的主见吧。你那位宗主，现在比周天子的上卿周公还要富有，你居然还在帮他聚敛！你还是我的弟子吗？"

冉求垂手而立，脸憋得通红，泪水已在眼圈里打转。

孔子看了看冉求，继续说道："君子最讨厌那种明明是贪得无厌，却还硬要找出各种借口的小人态度。如果财富平均，就无所谓贫穷；境内安定和睦，就不会感到人少；境内平安，就不会有倾覆的危险。做到这些，远方的人还不归服，就再修励仁义礼乐的政教来感化他们。他们来了，就该想办法让他们安心居住下来。如今是你在帮助季氏，不但远方的人不肯归服，国家分崩离析，不能保全，反而还想在国境内大动干戈。季氏加征军赋，是用这钱去征伐小国颛臾。可事实上，季氏应当忧虑的敌人并不在颛臾，而在他季家的萧墙之内！"说完，愤怒地站起身来。

冉求终于抬起头，怯生生地说："夫子，您说过：为君难，为人臣也不易啊……"

孔子叹了口气，"冉求！君子喻于义，小人喻于利！我平生最恨用紫色冒充鲜红的颜色，最恨扰乱心灵的靡靡之音，最恨巧言令色致国家于败亡的人！用之则行，舍之则藏！天下有道则见，无道则隐。你辞了官回来吧！否则，你就不再是我孔丘的弟子！"

"夫子！……"众弟子纷纷上前想要劝说。

"我的弟子只应助君子为善，不能助恶人为虐！否则，二三子听着，对这样的人，你们应鸣鼓而攻之！"

说完孔子愤怒地拄着拐杖，转身走出学舍，一个人站立在庭院之中……

　　冉求像泥塑一样立在那里，心中所有的难处和痛苦，都和着委屈的眼泪一同流淌出来……

　　弟子们望着孔子余怒未消的背影，看着痛苦不堪的冉求，默默的，谁也说不出一句话，整个杏坛，死一般沉寂。

　　过了许久，孔子猛然转过身来，郑重其事地说："从今以后，我不再过问鲁国政事，更不会出仕为官，只求专心教学，编修典籍。冉求，你可将我的意思转告给季氏，请他以后不要再以政事为由来烦扰我！"说完，便独自回到书房。

　　弟子们见孔子回书房了，马上都围了过来，劝慰冉求："夫子并非只针对于你，他是在向季氏的横征暴敛发泄，在向这个'礼崩乐坏'的世道发泄。夫子向来奉行厚施而薄敛于民的政治主张，而你却偏偏要反其道而行之，帮助季氏聚敛民财，这本来就是同他那颗爱民、护民的善良仁德之心相违背的呀。"

　　冉求不得不承认，"这些年来我与夫子一贯主张的处世态度和仁政思想的确是相去甚远，可季氏的贪婪成性岂是我的好心劝谏所能改变的？不是我不想遵从于夫子的教诲，实在是我力所不能及啊！当年齐国施计离间了夫子，仅用二十名女乐，一百二十四良驹，就让已逝的鲁君不理朝政，完全沉迷于美色之中，夫子为此而上下奔走，也曾详陈事理，正言净谏过，平心静气地降谏过，可最后却只得弃官离邦，临行前，他还不忘以歌讽谏，但结果又能怎样呢？是否使鲁定公与季孙斯接受一分一毫，悔改半分了呢？"

　　大家彼此面面相觑，都不知道该说些什么，过了好一会儿，冉求的情绪平稳了一些，他缓缓地说道："我何尝不想让百姓过得富足？我何尝不想将夫子的思想推广出去？我深知，没有夫子多年的教诲和培养，就不会有今天的自己，虽然夫子说我已经不再是他的弟子了，可在我心里夫子永远是我的恩师，我会永远、永远尊敬和爱戴他……"冉求说不下去了，擦了擦眼泪，黯然神伤地离开了学舍。

孔子回到书房，想到自己从教四十余年，弟子三千，身通"六艺"者七十二人，自己下学礼乐而上达天命，从不怨天尤人，在此之前还从未与弟子有过如此的恶语相向，今天这是怎么了？这是第一次，应该也是最后一次，是自己对冉求太过苛刻了，这样的世道，自己都无能为力，他又能如何……

又是一个阳光明媚的日子，杏坛多了一个微服站在学舍门外听夫子讲学的学生，他不是别人，正是冉求，他从繁忙的公务中抽出所有的时间赶来听课……

三十

精致而洁净的学舍内，透过夕阳洒满了一层柔和的橘红色光芒。孔子倚坐在落地大木窗前，翻看着面前的典籍资料，那神情在太阳的余晖映衬下更显坚毅、自信。

自从与冉求发生了那一场小小的风波之后，孔子完全打消了出仕从政的念头，对自己多年来一直追寻的政治理想也逐渐看淡，一心一意地从事教育，并开始着手准备编修"六艺"。

子夏坐在孔子对面，看着孔子专注的神情，开口说道："夫子真的做好准备从此专心教学、修书，不再从政了吗？"

"并非只有出仕做官才算从政，只要能够影响政治，他已经便是从政。"子夏从孔子那从容的态度和淡定的神情中看出，他已经把自己的全付心力投入在教书育人、编修"六艺"上，并将这些作为完成自己心愿的全部寄托。

孔子继续对子夏说："我十四年来周游列国，宣传自己的政治主张，却始终没有被人采纳，是自己的政治主张错了吗？我认为不是！只是因为我们势单力孤。这个理想需要很大的力量去推动，即使三千弟子共同努力，也未必能够实现，因为它每前进一步，都要付出巨大的代价和漫长的时光。'文王既没，文不在兹乎？'既然一切文化遗产都在我们这里，我们就有责任将这些文化遗产整理、保存好，使之得以广泛传播，为后世明君贤相效法或借鉴。我留在这个世上的时间不会太长了，不然的话，怎么会很长时间没有再梦见周公了呢？因此必须要抓紧时间！"

"不会的，夫子，您还有我们，弟子们会一直在夫子身边，和夫子一起努力。"

第二天起，子夏、子游、漆思弓、冉伯牛和曾点、曾参父子等人便陪伴孔子左右，一起为修书做准备了。

"夫子说教育一代代后人要靠'六艺'，那夫子认为《诗》、《书》、《礼》、《乐》、《易》、《春秋》现在完备了吗？"子游问道。

孔子颇有顾虑地摇摇头，"经过这些年的教育实践，我发现它们尚有许多残缺与弊病，还需要进一步修订和整理。这几十年的广搜博采、实地考察所积累的许多珍贵资料，以及一些成熟的经验体会，都可以在整理中充实进去而补偏救弊。尤其对于历史文献，现有的大多是周史记和鲁史记等一些不成体系的史料，而且有些杂乱无序，真伪难辨，更需要编修一部详略得当、自成系统的《春秋》留传于后世。"

"既是如此，那么我们一定要有针对性地整理，那'六艺'分别有哪些特点呢？"曾参有些疑惑。

"《诗》可以表情达意，《书》可以用来知晓人类行事的成败，《礼》可以节制人的行动，《乐》可以诱发人的和气，《易》可以窥知天地的神奇变化，《春秋》可以明白微言大义。"

"那我们该怎样协助夫子呢？"子夏提到一个最关键的问题。

"你们要谨记三点：第一是述而不作，尽量保持原有文献的文辞和风格，寓作于述，以述代作；第二是不语怪、力、乱、神，要依照世事的规律行事，将一些荒诞无稽的成分剔除，尽可能保留一切有价值的资料；第三是攻乎异端，斯害也已，批判那些不正确的议论，那些祸害就会自然停止，驳斥一切反中庸之道的言论。"孔子想了想又感叹道："唉！我的政治之道今世无法实行，如果再不把'六艺'整理、编修出来，我将拿什么东西去见后世之人呢？！"

弟子们听到夫子又感伤起来，心里都很不是滋味：夫子为了"施仁政"的理想，奔波一生，现在已近古稀之年，还要完成如此繁重、艰巨的工程，以留后世，这需要多大的勇气和毅力啊！

漆思弓打破了沉默，指着堆满一屋子的书简说："夫子，您看过这么多书，已经塞满了几间屋子，怕是十辆车也装不下啊！"

弟子们纷纷由衷地点头。孔子却摇摇头，"多是多，可要想完成'六艺'却仍有不足，我正为此而苦恼呢！"

曾点惊异地问："这堆积如山的书简，难道还不足以帮助我们完成'六艺'吗？"

"夏代的礼制，我是能讲一些的，但是夏代后人所建的杞国已经无法加以佐证了；殷代的礼制，我也可以讲一些，但殷代后人所建的宋国也无法加以佐证；如果文献充分，我想我是能够考证出来结果的。而周代文化继承了夏殷二代，更为完备与灿烂，我最赞成周代！周公不愧是周代文化的奠基人！"说到这，孔子的脸上露出孩童般的笑容。

曾点听后，心中暗自思忖：如此多的典籍仍不足以佐证，编修"六艺"，除了夫子，世上难有人可以胜任。

"六艺"的整理工作夜以继日地开始了……

孔子

夏日的清晨，旭日初升，朝霞散满了整个学舍。孔子在屋内伏在简册上睡着了，又是整整一夜的工作，几案上的豆油灯还在努力地喘息着……

一群弟子抱着竹简走进书房，曾参看着伏在简册上睡着的孔子，心痛地说："咱们轻声点，别惊动了夫子，看样子又忙了一夜。"

"是呀，总是这样下去，夫子的身体怎么能受得了啊！"子夏担忧地叹了口气。

孔子听到动静，从简册中抬起头，冲弟子们微笑着招招手，把豆油灯吹灭。

曾参上前说道："夫子，您的眼睛都熬红了，该休息休息了，千万不要过度劳累了。"

"时不我待啊！刚刚我梦见颜回回学舍来了。"孔子若有所思地说："回一定也在为我编修'六艺'而着急呢，不然我怎么会梦到他在帮我整理典籍呢？大家尽快将手中的资料整理完吧，为师不能辜负了回用生命捍卫的这些典册啊！"说到这，孔子起身走向不远处被颜回捞上来单独摆放的典册，用手轻轻地抚摸着……

这时子夏的问话打断了孔子对颜回的追思。

子夏协助孔子整理《诗》，有个问题缠绕了很久，他走上前去，红着脸，低声问道："《诗》中有关男女爱情之作似乎太多，是否可酌情……"

"多吗？不多！我所主张的道，其核心就是仁，仁者爱人，泛爱众而亲仁，男女之爱本乎天道。"孔子回答着，顺手拿过子夏手中的书简，打开说道："《诗》的首篇为《关雎》，'关关雎鸠，在河之洲，窈窕淑女，君子好逑'，正是以水鸟求偶，来比喻人之男女，此为天性，诗的内容乐而不淫，哀而不伤。"

"哦，弟子明白了，它与《郑风》中'一日不见，如三秋兮'，有着一脉相承，异曲同工之妙啊！正如夫子所言，'诗三百，一言以蔽之，曰思无邪'！"子夏有所领悟。

"嗯，不错，卜商对于《诗》的思考，果然要胜众弟子一筹。"孔子高兴地拍了拍子夏的肩膀，接着说道："诗、乐、礼是三个重要的教育内容，诗歌可以鼓舞起人善良的倾向，再加之以礼数上的约束，最后在音乐的陶冶之中完成。"

"夫子对音乐一直都很痴迷，我听说夫子在齐国因为专心学习《韶》乐，不分昼夜，竟有三个月不知肉味啊！"曾参说道。

"是有这回事，不过我印象最深的还是夫子跟鲁国音乐专家师襄子学琴的事。"说着，曾点便开始绘声绘色地讲了起来："那时夫子习琴，一连三天都足不出户，一日三餐也都是我拿些干粮过去给夫子充饥。第四天，师襄子听到夫子此曲已弹熟，便要教夫子学习新曲子，但夫子却觉得技术尚未纯熟，一连又练了三天。师襄子听到夫子的琴声技术纯熟，音调和谐，韵味无穷，劝他另习新曲，可夫子仍觉未领会此曲的志趣神韵，更未体察到曲作者的为人，要求继续习练。到了第十天，师襄子站在庭院中正听得如痴如醉时，突然琴声戛然而止，师襄子不解其意，走进屋问夫子何故停止弹奏，夫子凝神深思地说：'我终于有所领悟，此曲是一个有深邃思想，乐观又有远见的人所作，难道这是周文王吗？如果不是他，又有谁能作出这样的曲子呢？！'师襄子闻言，立刻恭恭敬敬地深深一揖，说他的老师传授此曲时，告之此曲正为文王所作，名为《文王操》。"

孔子笑着点点头，"的确，歌唱早已成为我日常生活中不可或缺的一部分，除非这一天有出门吊丧等哀戚之事，才会停止歌唱……"

正在这时，子贡慌慌张张地跑了进来，"夫子，听说齐国大夫田常发动了政变，齐侯在仓皇逃往徐州的途中，被田常杀害了，田常另立齐侯的弟弟骜为君，他则自立为太宰。"

"啊！竟然、竟然会有如此大逆不道之事发生！"孔子听后，满腔义愤，"我要进宫面见君上，被杀齐侯虽然缺德少才，但他并无桀、纣显著之恶迹，臣弑其君，诸侯都有责任发兵讨伐，人人皆可得而诛之，以正君臣之义！"孔子说罢，吩咐弟子们要为齐侯斋戒三日。

子贡明白孔子要去建议鲁哀公出兵伐齐一定又是无用之谏，本想加以劝阻，但见孔子反应如此强烈，话到嘴边又忍住了。

三天后，孔子如临大典，沐浴更衣、穿戴整齐，入宫向鲁哀公奏道："君上，齐与鲁唇齿相依，今齐国大夫田常弑君乱政，自立新君，鲁国应出兵伐齐，声讨田常之罪！"

鲁哀公闻听此言，连眼皮都没抬一下，"齐强鲁弱，就算是讨伐也不会有好结果的。"

孔子仍旧坚持着，"田常弑杀其君，百姓有一半都不亲附于他。如果以鲁国全民之众，加上不服从田常的那一半百姓，完全可以获胜。"

鲁哀公无可奈何地摇摇头说："夫子，鲁国的情形你是知道的，兵权早就掌握在'三桓'手中，要想讨伐田常，请夫子直接与'三桓'商量，更为方便。"说着，已经站起身来。

孔子一听，心灰意冷，自言自语地叹道："只因我身为国老，忝居大夫之位，遇到此等大逆不道之事，如何敢不来报告？君上既然让我去找他们，我即刻就去。"

退出宫后，孔子一刻不停地赶去冢宰府，而此刻季孙肥早已得到消息，正在暗暗地赞叹田常，"果然是出其不意，干得好！如若我也具备他这样的条件，早就踢掉鲁哀公这个无能的傀儡独掌大权了，哼！"

正想着，家臣来报，孔子登门求见。听到孔子说明来意后，季孙肥面无表情地说："田常虽杀其君，但仍立旧君之弟嗣位，情尚可恕。况且此乃齐之内政，鲁无权干涉。如今鲁国国势衰微已久，早已自顾不暇，哪有精力去管齐国的闲事。"

季孙肥不答应出兵讨伐，早在孔子的意料之中，于是他又一面退出，一面悻悻地说："因我身为国老，忝居大夫之位，遇到此等大逆不道之事，如何敢不来报告？"

孔子愤然走出季府，固执地又到孟孙氏和叔孙氏府上将详细经过——说了一遍，结果依然碰了一鼻子灰。他极度失望、悲凉地回到家中……

孔子

三十一

一个冬日的清晨，孔鲤端着饭，轻轻推开书房门走了进去，只见父亲埋身在浩如烟海的书简中，他那原本高大的身躯越发佝偻，人也消瘦了许多。对于孔鲤的到来，孔子丝毫没有察觉。旁边火盆里的炭火早已熄灭，室内寒气袭骨，他却丝毫没有意识到。

他的面前是一盏如豆的油灯，跳动着昏黄的灯光，身旁是一盆结有冰碴的冷水，擦脸巾僵硬地挂在盆边。看到这一切孔鲤心如刀绞。

他走上前，低声叫了一声："父亲！"孔子这才抬起头来，眼睛里布满了血丝，"我是来给您送早饭的，本不想打扰您，可现在天都亮了，昨晚送来的晚饭，到现在您还没吃啊！"孔鲤有些责备地说道，接着又走上前去将火盆重新点燃，随着火苗升腾而起，屋子里渐渐有了暖意，火光映在孔子的脸上，那神情看上去疲惫但却有力。

孔子起身舒展了一下身体，仿佛没有听到儿子的责备，说道："自王官失守以来，古乐散佚，《雅》、《颂》相错，许多诗有辞而不知其曲。要使其更符合声律，便于咏唱，应当修订声律并配以相应的诗，使《雅》归雅乐，《颂》归颂乐，各得其所，恢复诗、乐相配的本来面貌才是。"

孔鲤叹息着，眼里噙满了泪水，"父亲，您不能这样一刻不停地操劳，身体会垮掉的……"

一个夕阳西下的傍晚,孔子终于完成了《诗》中最后一首曲子,他已经为《诗》中的三百零五首诗,首首确定了乐曲,而且自己全部能够边弹边唱,他揉揉早已酸痛的胳膊,露出了久违的笑容,大声宣布:"弟子们,《诗》、《书》、《礼》、《乐》终于编修完成了!"

弟子们正在一旁整理已编修好的书简,听到夫子的话,都激动地鼓掌祝贺,"如此浩大的工程,夫子仅用两年时间就已完成过半有余,真是可喜可贺呀!"

"是啊!编修'六艺'是我早在三十年前,自齐返鲁,因鲁国政局混乱,不肯出仕为官时就已产生的想法,此后三十余年,不管是颠沛流离,还是'累累若丧家之狗',都从未想过要放弃。正因为前期有了充分的准备,加之你们的鼎力相助,才能在这两年的时间内,完成《诗》、《书》、《礼》、《乐》的编修工作。现在开始,我们要抓紧时间,尽快完成《易》和《春秋》的编修啊,后面的任务更为艰巨!"

一个夏日的午后,孔子正在查看资料,忽听一阵急促的脚步声由远及近,书房门一下子被推开,曾点慌慌张张,大口喘着粗气跑进门来,"夫子,孔鲤,孔鲤他……"

孔子看到曾点额头上豆大的汗珠往下滴,就已猜出了几分,险些没有站稳,身子晃了几晃,旁边的子贡赶忙上前搀扶住,孔子努力让自己平静下来,"有何事?慢慢讲来。"

曾点抽泣着说:"孔鲤看到夫子每日都在伏案修书,担心您过度劳累,便上山打猎,想为您补补身子,没想到脚下突然失陷,掉入了猎人所设的陷阱,被尖桩刺穿胸膛……"

话未说完,孔子只觉得心头一阵剧烈的疼痛,眼前一片漆黑,他

孔子

一只手撑在几案边，痛苦地低下了头，向曾点摆了摆手，不忍再听。过了半晌，他颤抖着对子贡说："后事就由你来操办吧。"

"是否要操办得隆重一些？"子贡想夫子应该会在此时弥补一下自己对孔鲤的愧疚之情，因为夫子曾不止一次对他说过："自己周游列国这十几年，对一家人已亏欠太多。"

孔子皱了皱眉头："孔鲤既无官职，又无建树，就用庶民的方式来办葬礼吧，椁是坚决不能用的！"

说罢，老泪纵横。

少孔子二十岁的孔鲤先于父亲离开人世，弟子们发现孔子的须发更白了，他的背驼得更厉害了，手总会在有意无意之间不停地颤抖着。

安葬孔鲤当天，众人都担心孔子会为此而伤心过度，纷纷前来劝慰，他强忍悲痛说："死生由命，我岂能阻拦！我须抓紧有限时光，编修完成'六艺'。若能如愿，则死而无憾！"

他又开始废寝忘食地去实现自己的目标，拼命地写，稍有余暇，便会教育子思……

三十二

　　苍老的孔子坐在桌前，时而用笔写，时而用刀削，他的面前堆放着他们出游各国时搜集到的史籍，以及鲁国国都曲阜藏有的大量的古代典籍文献。其中的一支竹简上刻着"鲁春秋"三个字。

　　孔子开始着手准备作《春秋》了，他抓紧每一分钟，尽快完成"六艺"的最后一部《春秋》的编修工作，以便传授于弟子，垂教于后世。

　　子游看到孔子常常通宵达旦的工作，便跟子夏等几个师兄弟商量，"现在夫子每天都忙碌到深夜，我们不如都搬到学舍附近来居住吧，这样既可以帮助夫子多做一些事情，还能照顾夫子的生活起居。"

　　"我们还可以每天留下两个人跟夫子一起住在书房，遇到事情，也好有个照应。"子夏马上赞成地说道。

　　于是，从这一天起，孔子学舍内日夜都有人影攒动，豆油灯的光亮也会从太阳落山一直亮到太阳升起，而坐在大木窗前的孔子，不管何时，都仿佛不曾离开那个座位，永远坐在那里……

　　为了节省时间，师徒们的一日三餐都是一边工作一边狼吞虎咽地啃干粮，子游一边啃干粮一边问孔子："夫子，弟子曾闻'非天子，不议礼，不制度，不考文'，夫子为什么坚持作《春秋》一书呢？"

　　孔子明白子游的言外之意，沉思了片刻，神色凝重地说："按惯

孔子

例，《春秋》为天子职权范围之内的事，就我的身份而言是不能修史的，但为了通过《春秋》寄寓我的政治理想和主张，留给后世明君效法，哪怕是冒天下之大不韪，也要把它完成！"

弟子们听了无不感慨于孔子的勇气和决心，"那《春秋》将会是怎样的一部书呢？"大家都用期待的眼神望着孔子。

孔子想了想回答说："要详实，有鲜明的时间概念，记载的历史事件、天文现象（如日食、月食）发生的年、月、日都要确保准确无误；对历史要痛下针砭，因此记载史实，不应写事情的本身是怎样，而要写它应该是怎样；要极力冲淡神话色彩，以写人的历史为主；要微言大义，不能为作而作，要有自己的思想和主张。"

在编修《春秋》过程中，孔子一反常态，不再听取任何人的修改意见，他要写就写，要删就删，字斟句酌，捉刀削简，还不允许弟子们插手帮忙，只让他们做一些誊写工作。

这让弟子们很困惑，但也只能唯命是从，时间一长，他们实在不忍心看孔子如此劳累，擅长文学的弟子子游和子夏等人便主动请缨，"夫子，您已经几天几夜没合眼了，这样下去，身体会吃不消的，我们来帮您做一些力所能及的工作吧？"

孔子疲惫地抬起头说："我知道二三子是替为师着想，但这等有违'名分'之嫌的工作还是由我一人来承担吧！而且这次修订《春秋》不仅是对二三子的重大教育，也将对社会产生重大影响，我唯恐出现差错而贻误后学，故而全部自为。"说着，孔子又长叹一声，眼里闪出泪光，"后代人知道我孔丘的，只因这部《春秋》；后代人责骂我孔丘的，也因这部《春秋》啊！"

弟子们明白了孔子的心思，也了解了他的苦衷，便不再多言，各自忙去了。

一天，子夏在翻看《春秋》已完稿部分的竹简时，不时皱起眉头，终于忍不住，对正在忙碌的孔子说："夫子认为吴楚两国国君自称为王有何不妥吗？"

孔子稍作停顿，但并未抬头，"按照周朝的礼制，只有天子才可称王。吴楚两国的国君受封时都是子爵，称王只是他们自作主张，其实应称为子。"

"那么夫子认为如果写周天子被晋国叫去，这样的写法有损周天子的尊严，因而才改作周天子到某地打猎吗？夫子曾说述而不作，为何在此却做修改呢？"

听到这话，孔子缓慢地抬起头，放下了手中的笔，阳光映衬出他雪白的眉发，"国君要向臣子借一匹马，你说给不给？国君想要一匹马，臣子应该即刻送上，怎么可以说借呢？'要'和'借'一字之差，却包含着君臣之分、上下有别的大道理啊！国君向臣子要东西，是名正言顺的事，说借，就是名实不副。所以要把这些名实不副的事按照周礼的规定一一纠正过来，正所谓君君臣臣，父父子子，不正名不可矣。"

说完孔子又投入到《春秋》的世界中……

看着眼前这一幕，弟子们不禁想起在负函时叶公曾问已故的子路师兄，夫子是怎样的一个人呢？子路不知如何作答，夫子自己说："我的为人就是发奋学习，废寝忘食；诲人不倦，乐而忘忧，就连自己老了都不知道。"这不正是孔子晚年修书的真实写照嘛，贴切而无丝毫夸大之辞！

孔子

然而一件看似偶然的事情，却使这部被孔子视为生命的《春秋》编修工作戛然而止……

一个阳光明媚的春日，浩浩荡荡的队伍由鲁国宫殿鱼贯而出，向大野进发。此时的鲁国虽同其他诸侯国一样，都是权臣当道，但没有大国入侵，国内还算安定，鲁哀公也满足于现状，心情大好，在狩猎之日到来之时，便迫不及待地让叔孙氏主持此次国家春季狩猎活动，组织文武百官倾巢而出，到西部山区狩猎去了。

一路上，所有人都不断将所猎之物送至鲁哀公面前敬献。鲁哀公在马背上哈哈大笑，"今天收获不少啊，山野动物，无所不有。"

话音未落，叔孙氏策马扬鞭奔至马前，向鲁哀公行礼道："臣刚刚在山麓猎得一只异兽，不知为何物，特献与君上。"说着，只见两个家臣气喘吁吁地抬着一头小牛似的猎物放于鲁哀公面前。

众大臣听说猎得异兽，都好奇地围拢过来，仔细观看，只见那异兽獐身，牛尾，马头，个头高大，头上长着一对鹿角，非驴非马，非牛非鹿，毛色光洁。不看则已，一看无不惊诧，谁都没见过如此怪异的野兽，更没人知道它的名字。

鲁哀公看后感叹道："这非牛非马的四不像！若是活捉回来，养在御苑中倒是不错，只可惜它死了……"突然，鲁哀公仿佛想起了什么，抬起头来，以期待的目光望着众臣问道："可有识得此兽者？"

正在众大臣不知如何是好时，季孙肥上前一步，强硬地说："此等异兽突然出现，恐为不祥之兆，君上万万不可带回宫去，以免使鲁国平白招致祸端，倒不如弃之山野为好！"

鲁哀公张口结舌，不知该如何应答。

叔孙氏见季孙肥如此傲慢、强硬，斜眼看了他一眼，"君上，此异兽虽不知其名，不晓吉凶，但抛于荒野之中未免有些可惜，不如赠与掌管山泽的'虞人'，可用来充饥，岂不更好？"鲁哀公正苦于找不到台阶，连忙点头称是。

"虞人"一听说鲁哀公要将异兽赐予他们，欣喜若狂，当即跪拜。他们生怕鲁哀公反悔，不等再次发话，两个"虞人"便立刻上前抬起异兽就要走。

冉求见状立刻伸手阻拦，"君上且慢！既然无人能识得此异兽，怎能断定它就是不祥之物呢？何不请夫子前来辨认，如果真非祥瑞之物，再赠予'虞人'也不迟啊！""虞人"眼见到手的美食就要落空，都气愤地盯着冉求。

鲁哀公这才如梦初醒一般，连连点头，"对啊！国老乃博物君子，游遍天下，无所不知，无所不晓，定然能够识得此兽。快快去请孔夫子前来辨认。"

孔子听说这一消息，心里隐隐不安，马上驱车前往辨认，冉求见孔子的马车远远驶来，急忙回避，子贡跳下马车，小心地搀扶着孔子走下车来。鲁哀公见孔子到来，立即走上前去好奇地问道："夫子博学多才，定然识得此兽。"

孔子定睛一看，不禁倒吸一口冷气，顿觉头晕眼花，亏得有子贡搀扶，才没有摔倒，孔子缓了好一会儿，才悲伤地说："启奏君上，此兽名曰麒麟。只有明王在位，或圣人诞生，才会出现，以示祥瑞……"

未等他把话说完，众人纷纷转向鲁哀公躬身施礼，"恭喜我主，天降麒麟！"

在群臣的一片恭贺、喧哗之声中，孔子涕泪沾襟，默然离去……

孔子

　　"这世间竟然无人识得麒麟啊！"孔子独自念叨着，他端坐在车上，望着车外的风景……

　　回到学舍，弟子们望着泪眼迷蒙的孔子，都很诧异。子贡忍不住问道："夫子曾说麒麟出现是祥瑞之兆，却为何要如此伤心啊？"

　　孔子沉思半晌，心情沉重地说："唉！这也许就是上次我们在泰山顶上见到的麒麟吧？！麒麟是仁义之兽，盛世才会来！遭此乱世，为什么还要来呢？来世一遭，却无人能识！反而死于非命，岂不令人痛心疾首！"

　　孔子绝望地抬起头仰望天空，忽见有一朵云彩幻化为一只麒麟在云端闪过，麒麟的眼睛看向孔子，眨了一下，仿佛在笑，继而消失在空中……

　　"弟子们快看，刚才天空中出现了一只麒麟……我知道了，它是来呼唤我一起离去啊……"弟子们此刻并不能完全体会到孔子心中的绝望。

　　孔子走进书房，看到书桌上自己呕心沥血编修的《春秋》一书，更加触景伤情，他神色凝重地对弟子们说道："麒麟乃仁兽也！如今出不逢时且惨遭杀害，看来我终其一生所追求的世道已经不复存在了！"说完，遂提笔写道："十四年春，西狩获麟。"然后就此搁笔……

三十三

深秋的一个午后，子贡、商瞿、子夏、曾参等人，陪同孔子到郊外出游。

这段日子，弟子们每日都围在孔子身边不愿离去，只要是风和日丽，便会三五成群地陪着孔子到郊外散心，像当年那样抚琴，歌唱……此刻的郊外枫叶转红，草木枯萎，北雁南飞，秋风吹过，满地的枯枝败叶萧条地随风飘飞。

孔子走着走着突然站住，问道："冉耕近日怎么样了？很久没见他到杏坛来了。"

众弟子都低下了头，默不作声，不敢正视孔子。

"冉耕到底怎么了？"孔子不安地再次追问道。

子贡故作轻松地说："伯牛病了，正在家中休养。"

"什么病？带我去看看他。"

子贡慌忙阻拦道："他在家中静养，不日就会康复，过几天让他来杏坛看望夫子就是了。"

"不！冉耕堪比颜回，他多日不来，一定是患有重病。"孔子心急如焚，不安地猜测到。

子贡见孔子一定要去看望伯牛，不禁紧张起来。伯牛现在的样子

孔子

甚是可怕，让人触目惊心，孔子见到一定会悲痛欲绝、倍受煎熬。如今的孔子，再也承受不起这些打击了。于是说道："伯牛病重卧床，行动多有不便，夫子亲去探望，他必下床招待，反而对静心养病无益，夫子还是不去为好，待他稍有好转，我们再去探望不迟。"

可这时的孔子已经听不进任何阻拦的话语，一定要马上前去探望。

"夫子，伯牛兄患的是麻风病，恐传染于人，他身掉鳞屑，皮肉溃烂，恶臭扑鼻，夫子您……"曾参情急之下，忍不住说出了实情。

孔子听到这句话，有如晴天霹雳一般，转身便走，此刻他的步伐竟然变得矫健起来。曾经的一幕幕在他脑海里浮现出来：

"夫子，什么是'仁'呢？"

"仁，就是爱人。怎么对待自己，就怎么对待别人。仁是万善之本，贪是诸恶之源。治理国家时，要薄赋轻役，节用爱民才行；古语道'泰山可移，民不可欺'。说到底就是要让老百姓过上好日子，达到国富民安的境界，这就是所谓的'仁'了。"

伯牛听后有所领悟，笑笑说："待学生学成后，一定要代夫子推行您的仁政思想，让普天下百姓都得以安居乐业。"

十年前还立志要为孔子推行仁政，十年后却身患不治之症，且恐难久留于世，今日至此，岂有不去之理！正想着，一阵秋风呼啸而起，他才注意到弟子们都拗不过他而紧随其后。

自从伯牛患疾起，总感自惭形秽，因而不肯与人交往，逢人常常避道而行。后来便独自一人搬至曲阜东郊。孔子看到一间孤零零的茅草房，独伫在没过人的荒草丛中，周遭一片惨淡凄凉。

孔子师徒来到茅屋前，子贡还在自言自语，"伯牛是不会见夫子的。"

"他怎么会得如此恶疾？"孔子问道。

子贡叹了口气，解释道："我听他原来的邻居说，伯牛的父亲得了麻风病，伯牛不忍抛下父亲，让父亲独自一人住到山上，于是每天上山采草药回来煎煮后，亲自为父亲洗疮敷药。伯牛因朝夕和重病的父亲相处，父亲过世后不久，他也染上了此病。"

"真是个孝顺的孩子啊！"说罢，孔子疾步跑向小屋拍打着房门，"冉耕啊，为师来看你了，快快开门呀……"

过了半晌，屋内除了阵阵令人心碎的呜咽声以外，毫无动静。

孔子跑到窗前，用力地拍打着窗户，"冉耕啊，好孩子，为师来迟了，快开门呀，让为师见你一面吧？！"

屋里仍然无人应答，只是哭泣之声越发紧了。

孔子不顾一切地敲打着，喊道："冉耕啊，快快开门，让为师看你一眼，如果你仍不肯相见，就把手伸出来，让为师摸一摸吧。"痛苦的伯牛听到夫子的恳求，心如刀绞。"冉耕啊！我在窗前等着你。"伴随着孔子声嘶力竭的呼喊，一场秋雨倾盆而至。

众弟子哭泣着上前劝慰孔子，"伯牛怕夫子伤心，不肯相见，咱们先回去吧，雨越下越大了……"

孔子那高大佝偻的身躯在狂风暴风中摇晃着，他突然喟然长叹："苍天啊，一个品行端正、德才兼备的君子，为何要患如此恶疾，这难道是公平的吗？这难道是公平的吗？苍天啊，你就可怜可怜这孩子吧……"话音刚落，一道闪电，划破了长空。

突然，身后传来了一声撕心裂肺般的哭叫："夫子——！"

孔子闻声立刻推开众弟子转身奔向窗口，只见伯牛慢慢从南边移了过来，他已经浑身流脓，挪到窗边后，他缓慢地、有些迟疑地将那

孔子

双被病痛折磨得变形的、弯曲的手伸向孔子，两双手紧紧相握在一起，孔子老泪纵横，泪水滴在伯牛那溃烂的双手上。

孔子仰天长叹："冉耕，修善于内，竟患如此恶疾，这难道是命吗？老天不公啊……"呜咽之声渗透着难以言说的悲伤，在雨中蔓延。

刺眼的闪电又送来了一声惊雷，孔子师徒在大雨中跌跌撞撞地行走着……

回到学舍，孔子大病了一场，自此身体就大不如前了。

一天清晨，孔子坐在自家门外，出神地望着远方，神情漠然，身旁是一根长长的藤杖。初春的小草稚嫩地蜷缩在路旁，庭前的松柏，苍翠的挺立着。

近来弟子们都很频繁地来看望孔子，但他仍然感觉一阵阵凄凉。他清楚是自己越来越需要他们了，想想身边的弟子，仲由走了，颜回走了，冉耕走了，连儿子孔鲤也先他而去了。

渐渐的，夜幕降临，寒气瑟瑟。子贡和曾参走出来对他说："夫子，已经很晚了，咱们还是回去吧。"

孔子却感到很是不舍，像小孩子一样要求着，"再等一会吧，我还想看看落日。"

子贡、曾参陪同孔子一起坐了下来。

孔子喃喃地说道："我小的时候，坐在这里可以一直看到泰山，现在却被云雾遮挡，什么都看不见了。"

子贡和曾参点了点头，没有说话，但都强烈地感觉到夫子的疲惫与虚弱。

夕阳渐渐落下。

孔子叹息着，"巍峨的泰山啊，就要崩颓；粗大的梁柱啊，就要折断；贤明的哲人啊，就要如草木一样枯萎！天下失去常道已经很久了，唉，世人都不能遵循我治国平天下的理想啊！"语调凄婉落寞，说完，已泪流满面。

子贡听着这悲怆的话语，心中一阵酸楚，赶紧小心地搀扶着孔子回屋，"夫子，泰山若是崩颓了，我们还仰望什么呢？梁柱若是折断了，我们还依托什么呢？哲人若是枯萎了，还有谁值得我们效仿呢？"

说着，一阵急促的脚步声由远及近，孔子回头一看——是冉求。

冉求急忙走近孔子，握住他的手说："我已经辞去了季氏的职事，回来专门侍奉您老人家。"此刻，他感受到孔子的手冰凉，还在不停地微微颤抖着，于是握得更紧了。

其实，在这之前，冉求已经悄悄地躲在大树背后很久了，看到孔子拄着拐杖，晚风吹拂着他全白的须发，依旧是那样的飘逸、洒脱，只是更加消瘦了，听到孔子这样的感叹，冉求再也忍不住了，疾步走到孔子面前。

"冉求啊，你早就该来了，怎么才来呢？"孔子一边埋怨，一边转头将目光移向空旷的远方，缓缓道："昨晚我昏昏沉沉地做了一个梦，梦见我端坐在两根大柱子中间。"

子贡赶忙问："这梦是什么意思啊，夫子？"

孔子淡淡地说："夏商周三代丧礼不同。夏人灵柩停于东，周人灵柩停于西，殷人把灵柩停在两根柱子中间，原来我是殷人的后代啊，我恐怕要不行了！我已无言，不想再说什么了。"

子贡急切地说："您如果不讲话，那我们还能学什么呢？"

"上天又说了什么呢？还不是一样有春夏秋冬，有万物生长吗，

孔子

上天又说了什么呢？"

听到这样的话，子贡知道孔子的心情已不同于以往了。

孔子叹息，"将来的后人，会怎么评论我呢？"

子贡赶忙说："夫子之道德学问，足以照耀后世！"

"人生有涯，学海无涯。可叹我还有多少所不了解和没有做的事啊！"说着，孔子仰望长天，看到一团云彩幻化为一只麒麟忽闪而过。他气若游丝地念着："我又看到了那只受伤的麒麟，它是来呼唤我一起离去的啊……"

说着，孔子昏迷过去。众弟子见状都呼唤着围了上去，他们感到一阵恐慌。片刻后，孔子慢慢醒来，吃力地微微睁开双眼。

他缓缓地说道："唉！你们都在啊，让我来仔细看看你们。啊呀，都是些新面孔，当年从我于陈、蔡受难的，现在还在身边的已经不多了……端木赐、冉求、卜商、曾参，你们跟随我吃了不少的苦啊……"他的气息飘忽不定，微笑着，没有再说下去。

子贡听到这里，强忍住泪水，告诉老师："夫子所倡导之道，至高无上，今世虽不能行，后世必能重光；六艺书策，夫子言行，您的每句教导我们都会记录下来，编成语录，传诸于后世，流播于天下！"

"夫子，我们记住：仁者不忧，智者不惑，勇者不惧。"

"夫子，我们会努力修身，诚意，正心。"

"夫子，我们每天要多次反省自己的一言一行！"

"夫子，我们要敏而好学，不耻下问。"

"夫子，我们要敬畏天命，敬畏贤人，敬畏圣人的言论。要恭敬，宽容，诚信，勤勉，关爱。"

归 鲁

"夫子，我们记住您的话：君子之过，如日月之蚀。过也，人皆见之，及其更也，人皆仰之！"

漆思弓、公西赤、曾参、子游、子夏、冉求的声音回响在空中……

鲁哀公十六年（公元前479年）四月己丑，孔子渐渐闭上了眼睛，微笑着……

附　录

主要人物关系介绍

【孔子及家人简介】

孔子：书中主要人物。春秋末期鲁国陬邑人。名丘，字仲尼。先世是宋国贵族。三岁丧父，十七岁丧母。年轻时做过委吏、乘田等小吏。相传曾问礼于老聃，学乐于苌弘，学琴于师襄。中年后聚徒讲学，从事政治活动。五十岁以后，由鲁国中都宰升任大司寇。后周游宋、卫、陈、蔡、楚等国，前后达十四年。六十八岁时返鲁。晚年致力于教育，整理《诗》、《书》等古代文献，并把鲁国史官所记《春秋》加以删修，使之成为我国第一部编年体史书。相传孔子先后有弟子三千人，其中著名的有七十余人。

丌官氏：孔丘之妻。春秋末宋国人。出身书香世家，自幼知书达礼。鲁昭公九年（前533年），孔子娶之为妻，次年生子孔鲤。

孔鲤：孔子独子。字伯鱼。先孔子而亡。

孔娆：孔子之女。嫁于孔门弟子公冶长。

孔伋：孔子之孙，孔鲤之子。字子思。

孔子

【孔门弟子简介】

仲由：春秋末鲁国卞人。字子路，又字季路。少孔子九岁。初仕鲁，后仕卫。在卫太子之乱中被杀。

颜回：春秋末鲁国人。字子渊，少孔子三十岁。天资聪睿，贫而好学。以德行著称。四十一岁卒。

冉求：春秋末鲁国人。字子有，少孔子二十九岁。曾为鲁国贵族季孙氏家臣。有才艺，孔子称其"可使治赋"。

端木赐：春秋末卫国人。字子贡，少孔子三十一岁。善于辞令。经商于曹、鲁间，富至千金。

公伯寮：春秋末鲁国人。字子周。曾任季氏家臣。

樊迟：春秋末齐国人。又称樊须，字子迟，少孔子三十六岁。

曾点：春秋末鲁国人。字皙，曾参之父。其舞雩咏归的志向得到孔子的赞许。

颜浊聚：春秋末卫国人。子路妻兄，孔子过卫时曾住其家。

高柴：春秋末卫国人。字子羔，少孔子三十岁。曾任费邑的长官。孔子认为其愚笨。

卜商：春秋末卫国人。字子夏，少孔子四十四岁。为莒父宰，又事卫灵公。老年讲学西河。

公良孺：春秋末陈国人。名孺，字子正。贤有勇。曾救过孔子性命。

公西赤：春秋末鲁国人。字子华。少孔子四十二岁。善于交际。

漆思弓：书中虚构人物，为孔子弟子之一。

【其他人物简介】

鲁定公：春秋鲁国君主之一。即姬宋，鲁昭公之弟。

鲁哀公：春秋鲁国君主之一。鲁定公之子。

季孙斯：春秋末期鲁国"三桓"之一。即季桓子，季平子之子，名斯。

季孙肥：季孙斯之子。即季康子，名肥。

孟孙何忌：春秋末期鲁国"三桓"之一。即孟懿子，也称仲孙何忌。曾向孔子学礼。

叔孙武叔：小说中称叔孙武。春秋末期鲁国"三桓"之一。名州仇。

公山不狃：书中简称公山狃。春秋鲁国季孙氏私邑费邑宰。

侯犯：小说中称侯凡。春秋鲁国叔孙氏私邑郈邑宰。叔孙氏的家臣。

阳虎：春秋鲁国季孙氏家臣。也叫阳货。

申句须：春秋鲁国大夫。

卫灵公：春秋卫国君主之一。即姬元，卫襄公之子。

南子：卫灵公夫人。出身于宋国贵族。

卫太子：卫灵公之子，即蒯聩。

卫出公：春秋卫国君主之一。即姬辄。卫灵公之孙，蒯聩之子。

蘧伯玉：春秋卫国大夫。名瑗。孔子过卫时曾住其家。

史鱼：春秋卫国大夫。字子鱼，名鳅。以正直著称。

公叔文子：春秋卫国大夫。即公叔发。卫献公之孙。名拔，谥号文。

公孙戌：春秋卫国人。被卫灵公驱逐，逃至蒲地叛乱。

楚昭王：春秋楚国君主之一。楚平王之子。

老子：春秋楚国苦县人。姓李，名耳，字伯阳，外字聃，也称老聃，号老子。作过周朝的守藏史。著有《道德经》。晚年西出函谷关，死于扶风。

孔子

叶公：春秋楚国大夫。即沈诸梁，字子高。因封地在叶，故称叶公。

接舆狂人：春秋楚国隐士。姓陆，名通，字接舆。对当时社会不满，剪去头发，佯狂不仕。

齐景公：春秋齐庄公的异母弟。名杵臼。

黎鉏：春秋齐景公的臣子。

宋景公：春秋宋国君主之一。宋元公之子。

司马桓魋：春秋宋桓公的后代。魋是其私名。

蔡昭侯：春秋蔡国君主之一。蔡悼侯之弟，名申。

陈潘公：春秋陈国最后一任君主。陈怀公之子。

司城贞子：春秋陈国大夫。

长沮、桀溺：春秋两隐士。主张避乱、隐居，不赞成孔子周游列国。

赵简子：春秋晋国上卿。即赵鞅。战国七雄之一赵国的奠基人。

佛肸：春秋晋大夫范氏、中行氏的家臣。中牟县宰。

附　录

孔子世表和大事年表

【孔子世表】

父系：宋公──弗甫何──宋父周──世子胜──正考父──孔父嘉──木金父──睾夷──孔防叔──孔伯夏──叔梁纥──孔丘（字仲尼）。

母系：叔梁纥三娶：(1) 施氏 (姬姓)，生九女；(2) 妾某，生孟皮；(3) 颜徵在 (姬姓或曹姓)，生孔丘 (字仲尼)。

【孔子大事年表】

前551年 (1岁)，孔子生。或说孔子生于前552年。

前549年 (3岁)，孔子丧父。

前535年 (17岁)，孔子丧母。

前533年 (19岁)，孔子娶宋丌官氏。

前532年 (20岁)，子孔鲤生。孔子为委吏、乘田，管粮草和畜牧。

前525年 (27岁)，郯子朝鲁，孔子学之。

孔子

前522年（30岁），齐景公、晏婴入鲁问礼孔子。设教授徒。

前518年（34岁），孟僖子嘱其二子孟懿子与南宫适向孔子问礼；孔子适周，问礼老子。

前517年（35岁），孔子适齐，在齐闻《韶》。齐景公问政孔子。

约前516年（36岁），齐景公以老辞孔子，孔子返鲁。

前515年（37岁），吴季札适齐，返，葬子于嬴、博间，孔子往观。

前509年（43岁），鲁定公即位。

前505年（47岁），季桓子执政。阳货执季桓子，往见孔子，欲其出仕。

前502年（50岁），孔子晚而喜《易》，读《易》韦编三绝。

前501年（51岁），阳货奔齐晋，孔子为中都宰。公山不狃以费叛，召孔子，孔子欲往。

前500年（52岁），孔子任少司空，继任大司寇，于夹谷之会相鲁公。

前498年（54岁），孔子堕三都，以鲁大司寇摄行相事，诛少正卯。

前497年（55岁），孔子去鲁适卫。

前496年（56岁），孔子去卫西行，过匡被围，经蒲返卫。

前495年—前493年（57—59岁），孔子见卫灵公，出仕于卫，凡三年。孔子见南子。

前493年（59岁），卫灵公卒，孔子去卫。

前492年（60岁），孔子去陈，途中险遭司马桓魋杀害，微服去。

前491年—前489年（61—63岁），孔子仕陈湣公，凡三年。

前489年（63岁），孔子去陈适蔡，绝粮于陈、蔡之间，复见楚叶公，然后自叶返卫。

前488年—前485年（64—67岁），孔子仕卫出公，凡四年。

前484年（68岁），孔子去卫返鲁。

前484年（68岁），孔子应季康子召，回到鲁国。

前483年（69岁），子孔鲤卒。

前481年（71岁），孔子因鲁史修《春秋》。鲁哀公西狩获麟，孔子《春秋》绝笔。颜回卒。

前480年（72岁），子路死卫。

前479年（73岁），孔子卒。